Blunk ☞ Aufbruch ins Gestern

AF273140

Manfred Blunk

Aufbruch ins Gestern

Wendelust und Einheitsfrust im Osten

Tagebuchbericht

© Manfred Blunk, Berlin 2003/2016
Alle rechte vorbehalten
Herstellung und Verlag:
BoD – Books on Demand, Norderstedt
ISBN 978-3-8391-8690-9
6,99 €

Sommer 1989

„... Aber", sagt HDF, „der größte Fehler, den man machen könnte, sei, sich als Parteifunktionär nicht mehr an eigene Fehler zu erinnern, in Versuchung zu kommen, an die eigene Unfehlbarkeit zu glauben und zu behaupten, dass die Meinung des I. Kreissekretärs nicht nur die Meinung des Genossen F. sei, sondern kollektive Meinung der Partei ..."

Wer ist HDF? – Landolf Scherzer, Schriftsteller im Bezirk Suhl, durfte dem 1. Sekretär der SED-Kreisleitung Bad Salzungen vier Wochen lang bei der Arbeit über die Schulter sehen und darüber ein Buch veröffentlichen. Titel: „Der Erste – Protokoll einer Begegnung". Seinen Helden nennt er HDF. Die drei Buchstaben stehen für Hans-Dieter Fritschler, ehemals Holzfäller, jetzt Parteiarbeiter. Der „zu lang geratene Zeitungsartikel", wie Scherzer sein Buch nennt, ist 1988 im Greifenverlag zu Rudolstadt erschienen.

Einmal im Jahr treffen sich die Bezirksfürsten mit „ihren" Schriftstellern. Die dürfen dann ein wenig über ihre sozialistischen Wehwehchen klagen und den einen oder anderen Wunsch nach bevorzugter Versorgung äußern. Scherzer hatte sechs Jahre darauf gewartet, über einen „Ersten" schreiben zu dürfen. Am liebsten wäre ihm der „Erste vom Bezirk" gewesen, aber der saß wohl zu nahe am Olymp. Seine Kollegen hatten nicht solche edlen Wünsche: Winterreifen, Telefon ... Was hat Scherzer bewogen, einen so hehren Wunsch zu äußern? Er wollte „hinter die Kulissen der Parteiarbeit schauen".

Während des Urlaubs auf der Datsche in Berlin-Rahnsdorf hab ich Scherzers Enthüllungsprotokoll gelesen. Was ich in seinem Buch (hinter den Kulissen!) entdeckt habe, hat mir zu der Einsicht verholfen, dass der **rex** (real existierend) **solimus** (Sozialismus) in der berühmten **demoli** (**De**utsche **De**mokratische Republik) wohl kaum eine Chance hat, irgendeinen Sieg zu erringen. Vielleicht hängt darum an so vielen Häuserwänden die sattsam bekannte Losung:

Der Sozialismus siegt!

Dabei ist das, was bei uns offiziell Sozialismus genannt wird, mehr so eine Art katholizistischer Sozialfeudalismus, der sich durch eine vom großen Bruder überkommene Schlampigkeit auszeichnet. Doch unser Dreifaltigkeitsgott heißt nicht Vater, Sohn und Heiliger Geist, sondern Marx, Engels und Lenin und unser Papst sitzt, oder richtiger saß, nicht in Rom, sondern in Moskau. Den Gottesdienst haben wir durch den Jubeldienst ersetzt, eine besondere Art der Fürstenhuldigung. Und natürlich gilt auch für uns das erste Gebot: Du sollst keine andern Götter haben neben mir! – Früher konnte man nach deutschen D-Zügen die Uhr stellen. Bei uns kommen die Züge nicht nur zu spät an, sie fahren auch zu spät ab: die Krone der Schlamperei.

Ich hatte sehr gehofft, dass der XI. Parteitag im April 1986 ein paar Jüngere in die Parteispitze hieven würde, doch April, April: Unser oberster Landesfürst EHo und seine Politbüro-Rentner halten sich offenbar für unersetzbar, denn sie glauben, wer in den Olymp einzieht, erwirbt lebenslange Unfehlbarkeit – es sei denn, er fällt in Ungnade, wie Konni Naumann, der Exbezirksfürst von Berlin. Aber HDF sagte doch, es sei ein Fehler, an die eigene Unfehlbarkeit zu glauben. Oder gilt das nur für Kreissekretäre? Und es hieß ja auch seit Jahr und Tag: Von der Sowjetunion lernen, heißt siegen lernen. Immerhin druckt das „ND" noch Gorbis Reden ab neben den täglich über uns hereinbrechenden Erfolgsmeldungen. Aber vielen reicht das nicht, sie gehen dorthin, wo Erfolge weniger in der Zeitung, dafür aber mehr auf dem Ladentisch zu finden sind.

Seit anderthalb Jahren suche ich zwei Fenster für die Datsche. Jetzt im Urlaub hab ich sie endlich in der BHG (Bäuerliche Handelsgenossenschaft) Neuenhagen bei Berlin bekommen, doch nur mit Drehbeschlag. Den Kippbeschlag darf ich armer Arbeiter-Bauern-und-Fischer-Sohn nun wieder selber ranbasteln, sofern es ihn irgendwo zu kaufen gibt.

Das Staatsvolk der Deutschen Demokratischen Republik macht sich natürlich seine eigenen Gedanken zu all dem, was da so vor sich geht in der demoli und anderswo. Dem Volk steht kein Sprachrohr zur Verfügung, es hat kein großformatiges „ND", keine „Junge Welt", nicht mal ein Blättchen der Wurmfortsatzparteien. Das Zentralorgan der Massen ist der Volksmund, und der ist noch allemal geistreicher und gewitzter als jedes Politbüro. Seine Sprüche werden nirgendwo gedruckt, doch sie wandern von Mund zu Mund, wie der hier: *Wo wir sind, ist vorn! Wenn wir mal hinten sind, ist eben hinten vorn.*

Dienstag, 15.08.89

Der Urlaub ist zu Ende. Seit gestern sitze ich wieder an meinem Schreibtisch im Köpenicker Konstruktionsbüro für Anlagen, kurz KBA genannt, und prüfe Bauprojekte.

Nach der Arbeit gehe ich in meine Kaufhalle. Wie meistens gibt es kein großes Berliner, so nennen wir das Berliner Pilsner spezial in Halbliterflaschen, 1,28 Mark die Flasche, dazu 30 Pfennig Pfand; das beste Bier in Berlin (Hauptstadt der Deutschen Demokratischen Republik), wenn man nicht gerade im Geld schwimmt. Also kaufe ich einige Flaschen von EHos Delikatbier, das ist zwar nicht besser aber teurer.

Mittwoch, 16.08.89

Die Erfurter Elektroniker haben einen 32-bit-Mikroprozessor gebaut und das Funktionsmuster EHo übergeben. Der hat bei der Gelegenheit den Leuten etwas vorgelesen; das stand dann am nächsten Tag im „ND".

Heute schreibt die Parteipresse: „Werktätige zur Übergabe der Muster von 32-bit-Mikroprozessoren ..." Neunzehn Werktätige, darunter ein Professor, drücken auf die übliche Weise ihre Zustimmung aus. Bei solchen Gelegenheiten wird auch immer mal wieder die Überlegenheit des Sozialismus über den Kapitalismus gepriesen. Mir scheint aber, die solimus-Überlegenheit besteht vor allem darin, dass der Mensch im Sozialismus unter ungünstigeren Bedingungen existieren kann. Großes Berliner? Wie gehabt.

Freitag, 18.08.89

Nicht nur die Züge haben oft Verspätung, auch die Zeitung lässt meistens lange auf sich warten. Das Postministerium ist nicht besser als das Verkehrsministerium. Mich sollte aber bei unserer Wahrnehmung der Wirklichkeit nicht wundern, wenn die Genossen Minister gar nicht wissen, was gespielt wird.

Im Kapitalismus ist der Werktätige als Arbeiter ein Arsch, aber als Gast und Kunde ist er König, jedenfalls solange er Geld hat. Im Sozialismus ist der Werktätige als Arbeiter König, aber als Gast und Kunde ist er ein Arsch, ob er Geld hat oder nicht.

Fahrzeughaus Rhinstraße, Berlin-Lichtenberg. In der Fahrradabteilung steht nicht ein einziges Fahrrad, doch sonst ist die Halle voll. Vor mir am Trabantstand stehen zehn Kunden. Bis ich dran bin, sagt die Verkäuferin mindestens siebenunddreißigmal: „Ham wa nich." Ich suche die Gummikappen für das Kupplungs- und das Bremspedal: „Ham wa nich." Aber die Abdeckhaube für den Batteriepluspol und Polfett kann ich erstehen.

Nebenan bedient ein junger Arbeiterkönig eine Frau, die vielleicht grade so ihren Trabant fahren kann. Er stellt ihr vier, fünf Fragen und ruft dann triumphierend: „'n Luftfiltereinsatz suchen Sie, meine Dame!"

„Ja", seufzt die Frau erleichtert, „einen bitte."

„Ham wa nich", sagt der Königssohn.

Wir müssen alles tun, um die Menschen zu verändern. Befriedigen können wir sie sowieso nicht. Der Volksmund sieht durch.

Samstag, 19.08.89

Sieben Uhr. Auch Westradios halten nicht ewig. Vor zwei Jahren haben wir aus dem Trabi de Lux das DDR-Dampfradio ausgebaut und für tausend Mark (unter der Hand) einen Westrecorder reingefummelt: wunderbar. Aber jetzt hat sich der Rundfunkteil verabschiedet. Ich hab mal nachgesehn, da sind wahrscheinlich ein paar Lötstellen gerissen. Repariert mir Uwe vielleicht mal.

Zehn vor neun, Baustoffversorgung Karlshorst. Vor mir warten elf Kaufwillige. Um neun wird geöffnet. Als ich mich der bewussten Tür langsam nähere, lese ich: Bei Fliesenkauf bitte vorher Fliesen an der Zementrampe aussuchen. Ich sage meinem Hintermann Bescheid und sause los.

Auf der Rampe steht ein Königssohn und liest die FDJ (Freie Deutsche Jugend)-Zeitung „Junge Welt". Neben ihm sind drei Wandfliesen ausgestellt:

Erste Fliese: 15x15 cm, Berlinmotiv, 3,65 Mark das Stück, zweite Fliese: 15x15 cm, anderes Berlinmotiv, gleicher Preis, dritte Fliese: 15x20 cm, schmutzig-weiß, 1,32 Mark die Platte. „Haben Sie nur die?"

„Ja."

„Sind die hier fünfzehn mal zwanzig?"

Ohne von seiner Zeitung aufzusehen antwortet der Jungkönig wieder: „Ja."

„Danke", sage ich und laufe zurück.

Jetzt bin ich schon so nahe an der Tür, dass ich auf der Anleitung für den Fliesenkauf auch das kleiner Geschriebene lesen kann: Zettel mitbringen. Ich denke: „Bei drei Sorten wird es wohl auch ohne Zettel gehen." Endlich bin ich drin. Die Frau kenne ich von früheren Einkäufen oder Kaufversuchen. Für jemand, der Mangelware verkauft, ist sie gradezu liebenswürdig. „Na, was wolln wir denn?"

„Ich möchte die Fliesen zu 1,32 Mark."

„Ham Se 'n Zettel?"

„Nein, der Rampenmensch liest grade Zeitung. Wie viel Fliesen sind denn in einem Karton?"

„Dreiunddreißig."

„Dann möchte ich bitte einen Karton."

„Aber Sie brauchen 'n Zettel, junger Mann!"

„Können Sie das nicht mit ihrem Computer machen?"

„Bei Fliesen nicht, da gibt es verschiedne Farben. Holn Se sich 'n Zettel und kommn Se gleich wieder rein."

Als ich wieder drin bin, tippt sie auf ihrem PC die Rechnung. Der Computer rechnet auf den Pfennig genau 43,56

Mark aus. „Wie die Geldautomaten", denke ich, „die Uhrzeit drucken sie, aber nicht den Kontostand."

Unser Verstand ist unser Vermögen. Armut schändet nicht.

Montag, 21.08.89

Das „ND" lässt auf Seite drei wissen: „Der Sozialismus ist so stark, wie wir ihn machen – jeder an seinem Platz." Hoppla! Da haben „wir" also den allgegenwärtigen Mangel verzapft. Seltsam: Alles, was hier passiert, läuft doch unter Führung der Partei. Wer aber ist die Partei? Du, ich, Konni Naumann, die Opas vom Politbüro, EHo? Jedenfalls hat sich unter Führung der Partei die mangelhafte Planwirtschaft der Anfangsjahre zur geplanten Mangelwirtschaft von heute entwickelt.

Aber Mangel, zumal sozialistischer, hat auch sein Gutes. In fünfzig bis hundert Jahren – so lange könnte die Mauer noch stehen, meint EHo – werden die Menschen im rex solimus die gescheitesten Handwerker der Welt sein. Bist du Gottes Sohn, so hilf dir selbst; wer immer der Gott auch sein mag.

Dienstag, 22.08.89

Manchmal kommt auch mitten im solimus-Alltag Freude auf. Oberbastler Uwe kann ich nicht gleich erreichen, der sitzt in Hoyerswerda und ist seit kurzem selbständiger Junghandwerker. Aber nach dem Mittagessen hört sich Dietmar aus der EDV-Abteilung meine Geschichte vom Autoradio an und sagt: „Kann sein, zeig mal her." Er schraubt den Deckel ab, reinigt den Tonkopf und verkündet nach kurzer Untersuchung: „Na klar, det ham wa gleich." Dann holt er seinen Lötkolben und lötet die vier Lötstellen nach, die die beiden Leiterplatten verbinden; sie waren alle gerissen. „Die einzige Schwachstelle in dem guten Gerät", bemerke ich.

Darauf er: „Die haben bei der Entwicklung ja nicht an unsere Straßen gedacht."

Schon möglich. Ich renne runter ans Auto, klemme die Drähte an und die Westschnauze wummert los wie die Silbermannorgel im Freiberger Dom. Natürlich haben wir das alles in der Arbeitszeit gemacht, wir volkseigenen Könige. Privat geht vor Katastrophe! Logo.

Gestern wollte ich Fotoabzüge und Nadjas Schuhe abholen, aber die Dienstleistungsbude hatte wegen Inventur geschlossen; muss ich also heute noch mal hin. Die Fotos kann ich mitnehmen. Ein Colorabzug, 13x18 cm, kostet rund sechs Mark. Nadjas Schuhe sind noch nicht fertig. Übrigens: kein großes Berliner in der Halle.

Mittwoch, 23.08.89

Seit drei Jahren bin ich Vorsitzender des Elternaktivs in Saschas Klasse. Frau K., die Klassenleiterin, soll zum Abschied ein schön gerahmtes Klassenfoto bekommen. Die Bilder von der 4c hab ich während der letzten Klassenfahrt geknipst. Jetzt muss ich zu so einem teuren Sechs-Mark-Abzug irgendwo den passenden Bilderrahmen kaufen.

In dem Köpenicker Schreibwarengeschäft der HO (Handelsorganisation) gibt es zwei Sorten. Der eine Rahmen ist aus Metall, nicht gerade schön, aber billig; er kostet 2,65 Mark. Der andere ist ganz hübsch, Nostalgiekunststoff. Sein Preis ist allerdings beachtlich: sechsundzwanzig Mark. Da nehme ich erst mal Abstand.

Später frage ich noch in Biesdorf-Süd nach Kipp-Dreh-Beschlägen für meine späten Datschenfenster. Teufel auch! Es gibt sogar welche, aber kurz vor mir sind sie alle.

Donnerstag, 24.08.89

Einer der beiden Aufzüge im KBA unternimmt erfolgreich einen Stehversuch. Den anderen belegen die Handwerker aus Leipzig; sie bauen uns neue Fenster ein. Die alten Fahrstühle kümmerten schon etliche Jahre vor sich hin, bis sie vor kurzem endlich rekonstruiert wurden. Das währte etwa neun Monate. Dann fuhren sie wieder, aber nicht lange.

Montag, 28.08.89

In der großen Lichtenberger Kaufhalle will ich Räucher-fisch kaufen, doch das Fischgeschäft hat aus „technischen Gründen" geschlossen. Am Halleneingang warten fünfzig bis sechzig Seelen auf Einkaufswagen. Ich schau mal rüber zu Mutter Witt – Herings-Witt in Lichtenberg, bester Fisch-laden am Platz – aber der Räucherfisch ist alle.

In meiner Halle fehlt wieder das große Berliner; auch Buch-und Hefthüllen glänzen kurz vor Schulbeginn durch Abwesenheit. Nadjas Schuhe sind auch heute noch nicht fertig. Am 29. Juni hab ich sie abgegeben. Ich soll mich aber nicht beunruhigen, Schuhreparaturen würden zur Zeit etwa drei Monate dauern.

Dienstag, 29.08.89

Der Aufzug im Büro fährt wieder. Aber zum Frühstück muss der Fensterschlepper sich erst mal ausruhen. So bleibt alles beim alten, denn die Handwerker steigen natürlich so-fort in den anderen Lift um.

Am Nachmittag entdecke ich in Köpenick endlich einen passablen Bilderrahmen: Holz, zehn Mark, mittelprächtig. Doch Schulbuchhüllen scheint es nirgendwo zu geben. In Biesdorf-Süd werden wieder Kipp-Dreh-Beschläge ver-kauft, allerdings nur rechte; ich brauche aber zwei linke. Mutter Witt hat noch einen Restposten Räucherfisch und meine Halle tatsächlich mal großes Berliner.

Mittwoch, 30.08.89

Nadja hat bei ihrer Dolmetscherei den litauischen Ge-sundheitsminister kennengelernt, der hat ihr im schönsten Kurort Litauens eine Kur besorgt; jetzt hole ich sie vom Flughafen Schönefeld ab. Das Flugzeug aus Vilnius ist zwei Minuten überpünktlich. Am Blumenstand bekomme ich keine Schnittblumen. Die Taube erzählt schlimme Dinge über den Nationalismus der Litauer. Russen haben dort jetzt keine guten Karten; sie hat sich kaum gewagt, russisch zu sprechen.

Mir ist schon früher der Gedanke gekommen, dass ein Vielvölkerstaat wie die Sowjetunion nur in einer Diktatur möglich ist. Auch andere Länder, wie Indien oder Jugoslawien, haben solche Nationalitätenprobleme. Über Stalins Zarenreich brechen sie jetzt wie eine Lawine herein. Wahrscheinlich wird Gorbi scheitern, dann könnte die SU wieder ein sehr unfreundliches Land werden.

Donnerstag, 31.08.89

UNSERE SOZIALISTISCHE PRESSE – SCHÄRFSTE WAFFE DER PARTEI. Diese Forderung der SED-Führung nimmt sich offensichtlich das „Zentralorgan" ganz besonders zu Herzen. Da gehen mir dann immer mal ein paar Widerworte durch den Kopf, die ich ab und an aufschreibe und dem „ND" schicke:

Sehr geehrte Redaktion!

Wenn es denn wirklich um Diskussion (laut Duden: Erörterung, Meinungsaustausch; Auseinandersetzung) geht, würde ich ganz gerne daran teilnehmen. Ich befürchte aber, es geht wie eh und je wieder nur um Agitation (laut Duden: Werbung; Methode zur Entwicklung des gesellschaftlichen Bewusstseins durch Aufklärung über aktuelle politische Tagesfragen).

Die Rede ist von Wolfgang Schneiders Vortrag „Zur Wissenschaft und Praxis des Sozialismus" („ND" vom 26./27.8.89, S. 3). Mir scheint, den Sozialismus – wie er vielleicht noch zu Stalins Zeiten genannt werden konnte – gibt es heute nicht mehr. Der heutige Sozialismus in Polen, Ungarn oder der SU unterscheidet sich doch wohl – mehr oder minder – von dem in Rumänien, China, der DDR und weiteren Ländern. Das führte ja auch folgerichtig zu dem „Sozialismus in den Farben der Deutschen Demokratischen Republik".

Will man die Wissenschaft bewerten, so muss sie danach beurteilt werden, was sie im Alltag des kleinen Mannes zu leisten vermag. Da hat die Sozialismuswissenschaft wohl noch reichlich Reserven. Solange die Wissenschaft vor allem Zeitungstheorie bleibt, wird sie die Massen nicht sonderlich ergreifen.

Die Arbeiterklasse übt die Macht aus. Gut. Aber wer ist Arbeiter, wer hat Macht und was macht er damit? Hat die Arbeiterklasse den „Sputnik" verboten? Jürgen Kuczynski bewertet das „Sputnik"-Verbot als „einen völligen Wahnsinn" und „Ausdruck eines hierarchisch-administrativen Vorgehens" („UZ" vom 8.7.89, S. 3). Ist unsere gepriesene Demokratie frei von Machtmissbrauch?

Ob das Anwachsen der führenden Rolle der marxistisch-leninistischen Partei ein gesetzmäßiger Prozess ist, kann ich auch nach fünfzehn Jahren Parteilehrjahr nicht beurteilen. Aber bei allen Leuten, die ich kenne, stelle ich ein Anwachsen der Sorge um die Sozialismusentwicklung fest.

Theoretisch halte ich die sozialistische Planwirtschaft für die vernünftigste Sache der Welt, aber praktisch muss ich fragen: Hat sich nicht die mangelhafte Planwirtschaft der Anfangsjahre zur geplanten Mangelwirtschaft von heute entwickelt?

Gewiss ist im Sozialismus der Marxismus-Leninismus die herrschende Ideologie, aber doch immer nur in der Interpretation der jeweiligen Parteiführung. Und da gibt es ja wohl einige Lesarten. Auf Lenin hat sich bisher noch jeder berufen, ganz gleich, wie weit sein Tun und Lassen von Lenins Ansichten und Vorstellungen entfernt war. Leonid Breshnew wird als „würdiger und bewährter Fortsetzer des großen Werkes Lenins" bezeichnet (5. Tagung des ZK der SED, Dietz Verlag Berlin 1982, S. 5). Warum muss seine Politik trotzdem in einem solchen Maße korrigiert werden, wie das seit einigen Jahren geschieht?

Die Agitatoren (siehe auch Kurt Tiedke: „Die neue Epoche auf deutschem Boden", „ND" vom 30.8.89, S. 3) streiten sich fortwährend mit Westideologen darüber, dass der hiesige Sozialismus nicht zum Kapitalismus reformiert wird. Aber darum geht es dem real existierenden DDR-Bürger doch gar nicht. Könnte man nicht mal mit uns darüber diskutieren (nicht agitieren), wie der Sozialismus in der DDR aussehen sollte, damit wir gerne (und möglichst alle) in ihm leben möchten?

Glasnost müsste schon dazugehören; also eine gesunde öffentliche Auseinandersetzung über alle Probleme, die uns am Herzen liegen. Martin Miersch und Udo Magister vom Oktoberklub singen in ihrem Lied „Verantwortung": „Wir müssen wieder lernen, uns zu streiten ..." („UZ" vom 17.3.89). Ich meine, sie haben mit ihrer „Verantwortung" die Sache auf den Punkt gebracht: Werden wir uns streiten, oder werdet Ihr mich wie bisher wieder nur agitieren?

Montag, 04.09.89

„Neues Deutschland" berichtet über den Rundgang unseres Ministerpräsidenten auf der Leipziger Messe. Der Premier ist dreißigmal abgebildet, einmal mehr als EHo im Vorjahr. Wenn ich mich aber recht entsinne, hält der Generalsekretär den Rekord mit sechsunddreißig Abbildungen.

Wir haben im KBA heute die obligatorische Monatsversammlung der SED-Grundorganisation. Thema: Umtausch der Mitgliedsbücher. Ist ja möglich, dass es neue Mitgliedsbücher gibt, großes Berliner und Schulbuchhüllen gibt es nicht.

Dienstag, 05.09.89

In Biesdorf-Süd frage ich wieder nach Kipp-Dreh-Beschlägen. Die junge Verkäuferin ist eine attraktive Person. Kipp-Dreh-Beschläge hätten sie nicht, sagt sie forsch.

„Und was ist das da in dem Pappkarton?"

Sie sucht den Karton eine Weile und meint dann hochnäsig: „Ach ja, aber nur rechte, und die sind alle unsortiert. Die müssen erst sortiert werden, dazu haben wir jetzt keine Zeit." Dann trägt sie wieder kleine Schraubenschachteln zum Verkaufstisch.

Ich habe aber schon längst beobachtet, dass hier überhaupt nur eine Verkäuferin einen Satz Kipp-Dreh-Beschlag zusammenstellen kann, doch jene Spezialistin – wie sofort jeder Sowjetbürger sagen würde – ist heute nicht da.

Wir sind zu allem fähig – aber zu nichts zu gebrauchen.

Mittwoch, 06.09.89

Gemessen am Aufgabenbereich ist der Name „Konstruktionsbüro für Anlagen" etwas verschwommen. Partei und Regierung haben dem KBA Berlin den Auftrag erteilt, allen Betrieben und Einrichtungen, die für die NVA (Nationale Volksarmee) produzieren oder reparieren, die erforderlichen bautechnischen und technologischen Projekte für geplante Neubauten und Rekonstruktionen zur Verfügung zu stellen. Damit das alles seinen sozialistischen Gang geht, prüfen wir – Horst, der Leiter, Werner und ich – Projekte und Bauausführung; Sachbearbeiterin Silvia sorgt dafür, dass die Prüfgruppe der Staatlichen Bauaufsicht immer arbeitsfähig ist.

Heute fahre ich nach Neubrandenburg; dort habe ich im Panzerreparaturwerk zu tun. Im Zug gibt es Frühstück; Selbstbedienung. Einmal Rührei, nicht grade viel, mit einer Konsumschrippe und ein Kännchen Kaffee kosten 4,49 Mark. Der Zug ist pünktlich.

Das Reparaturwerk mit seinen vielen Hallen und Gebäuden liegt etwas außerhalb am Tollensesee. Der Großbetrieb ist einer unserer besten Kunden. Hier wird ständig was an-, um- oder neugebaut; wir sind also öfter mal in der Viertorestadt.

Auf dem Rückweg zum Bahnhof sehe ich mich mal in einem recht ordentlichen Eisenwarengeschäft um und frage nach Ersatzteilen für meinen Flachspülkasten.

„Ja, führen wir", sagt der Verkäufer, „aber es ist nichts da."

„Auch nicht die Klemmspange?"

„Nein, da lassen Sie sich mal eine aus Schweißdraht biegen."

„Danke."

Seine Kollegin frage ich nach Kippdrehbeschlägen.

„Haben wir, aber nur linke."

„Die such ich ja grade, in Berlin haben sie nur rechte."

Dann lacht sie, weil ich kein Hehl daraus mache, dass ich hier besser bedient werde als in der berühmten Hauptstadt. Ein Satz Kipp-Dreh-Beschlag – in eine Semmeltüte gesteckt, die natürlich sofort zerreißt – kostet ganze 10,80 Mark – wenn man ihn bekommt.

Nach Kursbuch der Deutschen Reichsbahn – das Letzte, was uns vom Reich geblieben ist – und nach Fahrplan in der Bahnhofshalle fährt 13.17 Uhr ein Personenzug nach Oranienburg. Auf dem Bahnsteigaushang fährt er 13.19 Uhr und wirklich dann doch schon 13.40 Uhr. Aber er ist pünktlich am Ziel.

Samstag, 09.09.89

Die Taube – meine Dolmetscherin – war auf Achse und fliegt wieder ein. Ich will sie abholen. Obwohl Saschas Schule ganz in der Nähe ist, nehme ich ihn im Auto mit; das gefällt ihm natürlich.

Heute gibt es Schnittblumen im Schönefelder Flughafen, aber dafür hat das Flugzeug aus Bukarest eine Stunde Verspätung. Ein junger Ausländer will nach Westberlin telefonieren. Ich helfe ihm dabei und wechsle ihm ein Fünfmarkstück; gut gewechselt: es sind – fünf D-Mark!

Nadja kommt endlich. Ich soll ihr für die Westmäuse im Intershop Kosmetik kaufen, doch was sie sucht, ist nicht da. So kaufe ich für Sascha Süßigkeiten, die er nur aus der Reklame im Westfernsehen kennt; der wird Augen machen.

Montag, 11.09.89

Nach Feierabend nimmt mich Siegmar in seinem Wartburg mit nach Bohnsdorf. Von da fahre ich mit dem Bus nach Schönefeld zum Zug nach Dresden. Morgen will ich das Sprengstoffwerk Gnaschwitz bei Bautzen besuchen.

Siegmar erzählt mir, dass neben seinem Haus ein hochgestellter Klassenkämpfer seine Datsche hat. Dessen Gärtner oder Fahrer hätte ihm anvertraut, der Kämpfer besäße andernorts noch zwei Datschen. Als ich Anfang der achtziger Jahre Bekannten half, ihre Datsche zu bauen, mussten sie vom Beschäftigungsbetrieb eine Erklärung beibringen, dass sie noch kein Wochenendgrundstück besitzen. So sieht sie aus, die Gleichheit in den Farben der Deutschen Demokratischen Republik.

Ich fahre mit dem Metropol Berlin–Budapest (aber nur bis Dresden, ich will ja nicht weg). Einen Erster-Klasse-Wagen finde ich nicht. Der Mann neben mir hat sich für sieben Mark eine Flasche ungarisches Delikatbier gekauft; ich verkneife mir das und erreiche Dresden mit Bierdurst, aber ohne Verspätung.

Dienstag, 12.09.89

Der D-Zug Dresden–Görlitz ist selten unpünktlich. Elf Minuten vor acht ist er in Bautzen; ich hab noch nicht mal das Wichtigste im „ND" gelesen. Die Bahnhofshalle ist frisch vorgerichtet, recht hübsch. Sogar an einen Geldautomaten hat man gedacht, alles ist schon vorbereitet, nur der Automat fehlt noch.

Die Frau an der Stadtbuskasse darf mir angeblich nicht zwei Einzelfahrscheine für den C-Bus verkaufen; in Neubrandenburg war das überhaupt kein Problem. Ich muss eine Karte mit sechs Fahrten nehmen, die kostet eine Mark. Na gut, dafür sind die Busse auch immer pünktlich.

Nach meinem Baustellenbesuch mache ich einen ausgedehnten Geschäftsbummel in Bautzen. Am Autoladen ist mir die Schlange zu lang. (Ich suche immer noch die Pedalgummis für den Trabi.) In der volkseigenen Buchhandlung erfahre ich, dass Mockers „Gedankengänge nach Kanossa" (Aphorismen, zum Beispiel: „Wir können uns nur ganz selten des Eindrucks erwehren, dass wir recht haben."), also dass seine Aphorismen schon im vorigen Jahr in ganz kleiner Auflage erschienen sind. Das heißt: Alibiauflage (politisch brisant?) und ansonsten so tun, als ob alles ganz normal wäre. Aber das Buch kann man nicht kaufen. Die „Einheit" liegt in jeder Konsumhalle rum, nur hat eben Mocker noch nie was in der „Einheit" veröffentlicht. Nach „Claus und Claudia" von Neutsch frage ich auch vergebens, Platanows „Baugrube" ist angekündigt. Den Platanow bekomme ich später für zwölf Mark in der christlichen Buchhandlung.

Dann entdecke ich ein Geschäft mit Sanitärartikeln. Im Schaufenster steht geschrieben, es sei aus einer über hundert Jahre alten Klempnerei hervorgegangen. Der Laden hat Westniveau. Dort sind Ersatzteile ausgestellt (auch für meinen Flachspülkasten!), die ich in all den verschlampten HO-Buden noch nie gesehen habe. Und das alles bringt eine einzige, real existierende private Handwerkerin zuwege. Dabei ist sie auf dieselbe vierzigjährige Er-Volkswirtschaft angewiesen, die auch allen anderen zur Verfügung steht. Spitze, die Frau. Doch was heißt das schon: *An der Spitze stehen ist immer noch zu weit hinten.*

Im Bahnhofsrestaurant warte ich sage und schreibe vierzig Minuten auf ein Bier. Die beiden korpulenten Vertreter der herrschenden Klasse beherrschen vielleicht nicht so sehr ihr Kellnerhandwerk, dafür aber die Gäste um so mehr.

Mittwoch, 13.09.89

Die Halle bietet zur Abwechslung mal wieder großes Berliner an und außerdem Melonen. Nadja ist Südrussin und in Krasnodar mit Melonen aufgewachsen, da nehme ich ihr natürlich eine mit.

Donnerstag, 14.09.89

In Kaulsdorf-Süd habe ich für 4,80 Mark zwei Räucherforellen gekauft. Beim Essen erzählt uns Nadjas Mutter, im alten Russland hätten sie die Forelle Zarenfisch genannt. Da müssten wir eigentlich froh sein, dass heute nicht nur die „Zaren", sondern auch wir Fußvolk Forellen essen können.

Nach dem Forellenschmaus schau ich noch mal nach Nadjas Schuhen und dann passiert's: Sie sind fertig. Auftrag vom 29. Juni: Absätze neu beziehen. Das dauert zehn Wochen und kostet 12,35 Mark. Im Keller ist es duster ...

Dienstag, 19.09.89

Heute hab ich mein persönliches Gespräch. Auf Weisung des Zentralkomitees sind von Zeit zu Zeit mit allen Partei- mitgliedern „persönliche" Gespräche zu führen. Vielleicht wollen die SED-Oberen auf diese Weise erfahren, was der Genosse an der Basis denkt und fühlt. Wahrscheinlich ist es aber doch nur eine der vielen Disziplinierungsmaßnahmen.

Diesmal will ich ein gerüttelt Maß Kritik an der großen wie der kleinen Politik meiner Führung vorbringen. Ich übergebe drei Streitschriften und eine Protestnote zum „Sputnik"-Verbot. Das hab ich auch alles schon dem „ND" geschrieben, aber solcherlei Kritik hat in der Fürstenfibel natürlich keinen Platz. Dann zieh ich mächtig vom Leder. Ich kann, sag ich den Männern von der Parteileitung, ich kann die Politik meiner Parteiführung in zunehmendem Maße nicht mehr nachvollziehen. Dabei hoffe ich auf Wi- derspruch, Zurechtweisung – und irgendwo im Hinterkopf flüstert es: Parteiausschluss. Doch Lutz redet kaum, und Christian ermuntert mich gradezu, richtig auszupacken. Oder will er mich nur aus der Reserve locken? Am Ende lo- ben mich die beiden; ich wäre einer der wenigen, die sich gut vorbereitet hätten. Verdammt noch mal! Bin ich denn nun ein guter Genosse?

Während des Prager Frühlings habe ich mit Radio Prag korrespondiert; von Dubček war ich begeistert. Ein Sozia- lismus, aus dem keiner abhauen will, das wär's doch gewe- sen. Damals lebte ich in Dresden und arbeitete im Projek- tierungsbüro Süd (auch so ein Deckname). Das PBS unter- steht dem Ministerium für Nationale Verteidigung und pro- jektiert für die NVA Schutzbauwerke, sprich: Atombunker. Alles streng geheim, versteht sich.

Zu der Zeit war ich noch parteilos und hab mich mit den Leuten von der SED oft gestritten. Später versuchten sie mich für die Partei zu gewinnen. Von außen könnte ich an der Politik nichts ändern, da sollt ich es doch lieber als Mit- glied versuchen. Das hörte sich gut an, war aber eine sehr törichte Illusion. Kann denn heute der kleine Katholik die

Politik seiner Kirche verändern? Alles, was da geschieht oder nicht geschieht, bestimmt der Papst in Rom und sonst niemand. Ich wurde ziemlich schnell ein opportunistischer Spießer und wartete wie die anderen auf das Ende der zahlreichen Versammlungen.

Im Dezember 1978 habe ich das „Tal der Ahnungslosen" verlassen und bin zu Nadja nach Berlin gezogen; Sascha war unterwegs. Bei RIAS, ARD und ZDF erfuhr ich nun etwas mehr von der Welt als in Dresden und vor allem bekam ich auch Wind von Ereignissen, die für meine Götter im Olymp meistens nicht stattfanden. Von Zeit zu Zeit habe ich mich mit Zuschriften an das „ND" gewandt, in der Hoffnung, den Glaubenswächtern wenigstens öffentlich ein paar Fragen stellen zu dürfen, aber auch das war eine Illusion. Im November 1987 stellte ich dem Zentraljournal

Fragen eines arbeitenden Lesers

Während meines Urlaubs in Krasnodar habe ich es nicht geschafft, mir den Film anzusehen, obwohl er dort in allen Kinos gelaufen ist. Am 13. Oktober 1987 brachte ihn das ZDF: „Die Reue" von Tengis Abuladse. Wie es aussieht, findet der Film nicht nur Zustimmung. Jedenfalls haben Hans-Dieter Schütt in der „Jungen Welt" vom 28.10. und Dr. Harald Wessel im „ND" vom 31.10. kaum was Lobenswertes an ihm entdeckt. Das provoziert bei mir denn doch einige Fragen.

Zunächst: Waren das Spontanreaktionen der Blätter nach fast drei Wochen? Oder waren die Beiträge vielleicht „Auftragswerke"? Schütt schreibt: „Kürzlich servierte uns das BRD-Fernsehen den Film ‚Die Reue' von Tengis Abuladse." Wieso uns? Hat das mit dem Vertrag zu tun, den das DDR-Fernsehen mit dem ZDF abgeschlossen haben soll?

Warum bleibt das „System", das Warlam vertritt, undurchsichtig? Viele Kinobesucher in der SU haben sehr wohl erkannt, welches „System" gemeint ist; sie wissen, wo die Baumstämme herkamen, in die die Namen der Verfolgten eingeritzt waren.

Gewiss hat der XX. Parteitag der KPdSU die Zeit des Stalinschen Dogmatismus analysiert und vor der Welt offengelegt. Aber was wissen darüber zum Beispiel die Leser der „Jungen Welt", die damals noch nicht gelebt haben? „Natürlich ist bekannt", schreibt Schütt, „dass zu Lebzeiten Stalins auch bittere Dinge geschehen sind, die der sowjetischen Gesellschaft Schaden zugefügt haben." Was waren das für „bittere Dinge"? In seiner Oktoberrede nennt Michail Gorbatschow sie beim Namen: „Offen gesagt – Verbrechen, verübt auf dem Nährboden des Machtmissbrauchs. Tausende Mitglieder der Partei und Parteilose waren Massenrepressalien ausgesetzt. Das ist die bittere Wahrheit, Genossen" („ND" vom 3.11.87). Und haben die „bitteren Dinge" nur der sowjetischen Gesellschaft Schaden zugefügt? Waren unter den Hingerichteten und Verfolgten nicht viele ehrliche Internationalisten, auch Deutsche? Hat nicht gar die Sozialismusentwicklung in der ganzen Welt unter den „bitteren Dingen" gelitten?

Schütt spricht von „Geschichtsbewusstsein". Ein gutes Stichwort. Denn welche Geschichte ist uns eigentlich bewusst? Die vor dem XX. Parteitag, jene mit den Enthüllungen danach oder vielleicht die vor dem XXVII. Parteitag? Enthält nicht unser Geschichtsbuch inzwischen eine Folge von Kurzgeschichten?

Abuladse setzt nicht Despoten nach der Art von Hitler mit „tragischen Ereignissen in der SU" gleich. Er vergleicht Menschenverfolgung in der alten Welt mit den „tragischen Ereignissen", die Michail Gorbatschow Verbrechen und Massenrepressalien nennt. Das hat nichts mit Gleichsetzung zu tun. Offensichtlich lässt es Abuladses Ehrgefühl nicht zu, in seiner sozialistischen Welt Gebrechen und Verbrechen aus der alten Welt hinzunehmen. Darum sein Film.

Auch für mich bleibt Bitterkeit. Muss ich denn nicht an meinen geistigen Fähigkeiten zweifeln, wenn man mir als Bürger einer angeblich gebildeten Nation nach fünfzehn

Jahren Parteilehrjahr nicht zutraut, einen Film beurteilen zu können? Oder warum sonst konnte ich „Die Reue" nicht bei uns sehen?

Dr. Wessel entdeckt bei Abuladse Geschichtspessimismus. Muss man da vielleicht auch den Titanic-Film ganz anders sehen? Darf die Titanic denn im Film sang- und klanglos untergehen, einfach so, wie es war (oder gewesen sein soll)? Muss man da nicht wenigstens eine kurzgefasste Geschichte der Seefahrt voranstellen, mit einem optimistischen Ausblick in die – Gott verdammt noch mal – glückliche Zukunft auf allen Meeren? Darf man bei solcher Betrachtungsweise kurz und knapp vermelden: ... entgleisten gestern drei Wagen eines Güterzuges ...? Ist das nicht eine Beleidigung der vielen, vielen Güterzüge, die durch die Lande fahren und nicht entgleisen?

Warum denn „Verneinung aller sittlichen Errungenschaften"? Nur weil Abuladse auf den schreienden Widerspruch zwischen sozialistischem Humanitätsideal und den „tragischen Ereignissen der dreißiger Jahre in der SU" hinweist? Für Dr. Wessel ist die Folterszene die Schlüsselszene des Films. Für mich (und vielleicht auch für Abuladse) ist die Szene, in der sich Warlams Enkel erschießt, viel wichtiger. Warum erschießt sich Warlams Enkel? Weil es für ihn unerträglich ist, dass sein Vater, Warlams Sohn, sich zu dem Despotismus Warlams unkritischer und gleichgültiger verhält als Warlam selbst. Natürlich stellen die drei Männer Generationsvertreter dar. Ist Abuladses Vorwurf an die Sohngeneration berechtigt? Dazu Michail Gorbatschow: „Doch der Prozess der Wiederherstellung der Gerechtigkeit wurde nicht zu Ende geführt und kam faktisch Mitte der sechziger Jahre zum Stehen."

Abuladse stellt sich nicht gegen die humanistische Botschaft des Sophokles, er prangert ihre Nichtverwirklichung an. Dr. Wessel fragt: „Die Niedertracht als chronisches Leiden des Menschen zu allen Zeiten?" Für alle Vergangenheit trifft das ja wohl zu – und für die Zukunft? Im Film kann ich das nicht erkennen, aber in „Neue Zeit" 6/87 meint

Abuladse: „... dass die Dramen und Tragödien, die sich im Film abspielen, ewig sind und immer (ich fürchte, auch in Zukunft) geschehen werden, sozusagen angefangen mit dem Sündenfall." Das wird sich zeigen. Ich kann nicht sagen, dass ich sehr viel optimistischer bin als Abuladse. Gewiss besteht die Menschheitsgeschichte nicht nur aus roher Habsucht, Machtgier und Niedertracht. Aber müssen wir deshalb den Mund halten, wenn uns Niedertracht befällt?

Dr. Wessel wirft Abuladse sträflich unhistorisches Herangehen an die Geschichte vor. Ist er denn selbst frei von Fehlsicht? Für ihn „entsprangen die seinerzeitigen tragischen Entwicklungen nicht dem Wesen des realen Sozialismus, sondern in erster Linie der Existenzbedrohung des ersten sozialistischen Staates, der bei seiner revolutionären Geburt im Oktober 1917 ein trauriges Erbe der Rückständigkeit hatte übernehmen müssen". Nun, das sieht Gorbatschow etwas anders. Er sagt in seiner Oktoberrede: „Es ist vollkommen offensichtlich, dass gerade das Fehlen des nötigen Niveaus der Demokratisierung der sowjetischen Gesellschaft sowohl den Personenkult als auch die Verletzung der Gesetzgebung, die Willkür und die Repressalien der dreißiger Jahre ermöglichte." Und ist Dr. Wessel nicht auch mit folgendem Satz „unscharf": „Dieses von Leninschen Idealen geleitete Volk hat viele und schwere Prüfungen bestanden." Leninsche Ideale? Warum dann Perestroika, Glasnost und Demokratieentwicklung? Gorbatschow: „Dem Sozialismus und dem Ansehen der Partei wurde ernster Schaden zugefügt. Darüber müssen wir offen sprechen. Das ist notwendig, damit sich das Leninsche Ideal des Sozialismus endgültig und unumkehrbar durchsetzt."

Wie es aussieht, erfährt Abuladses Film „Die Reue" mehr Widerspruch als Zustimmung. Vielleicht kann Abuladse mit dem Widerspruch leben. Können wir es auch?

Wie üblich hat das „ND" auch meine „Fragen" nicht gedruckt, nicht mal auszugsweise, aber Mitte Dezember erhielt ich immerhin einen Brief vom Leiter der Abteilung

Leserbriefe. Die Zeitungsleute dankten mir für meinen „engagierten Brief". Vom ZDF wäre der Film „Reue" als „ideologisch flankierendes Element eines zweifachen politischen Angriffs auf die Existenz unseres Staates" gezeigt worden. Weiter hieß es in dem Brief: „Wir haben zu der Betrachtung sehr viele, sowohl zustimmende wie ablehnende Briefe erhalten, die alle sehr gründlich ausgewertet werden. Angesichts des dafür erforderlichen Zeitaufwandes vermögen wir nicht umgehend detailliert auf ihre Ansichten einzugehen. Den Gegebenheiten entsprechend hat sich der Autor vorbehalten, darauf zurückzukommen. Wir bitten um Verständnis und danken Ihnen nochmals für die offenen Darlegungen Ihrer Ansichten." Dr. Wessel hat es bei dem Vorbehalt belassen.

Ende Januar kam dann noch ein Brief von der „Jungen Welt", die natürlich auch kein Sterbenswörtchen meiner Zuschrift gedruckt hat. Chefredakteur Hans-Dieter Schütt antwortete selbst und versuchte mir auf zwei Seiten einigermaßen moderat seinen Standpunkt zu erläutern. Die vom ZDF würden mit dem Abuladse-Film „ihre Politik machen – gegen die Sowjetunion und gegen uns (und wenn sie ‚nur' damit darauf hinweisen, dass ‚Reue' ja nicht in unseren Kinos lief ...)".

„Reue"-Verunglimpfung, „Sputnik"-Verbot, krankhafte Unterdrückung jeder Art von DDR-Glasnost: irgendwie gleicht das alles dem Zauberlehrling, der auf die Besen eindrischt, doch die schleppen immer mehr Wasser herbei. Da werden die „Zauberlehrlinge" wohl aufpassen müssen, dass sie keine nassen Füße kriegen.

Unsere Zeit ist großartig: Wir dürfen kaufen, was wir bekommen, können sagen, was wir dürfen und arbeiten, soviel wir sollen.

Freitag, 22.09.89

Gestern bin ich mit dem Trabi liegen geblieben. Der Wagen springt nicht mehr an. In der Bierstube frage ich so nebenher diesen und jenen nach einem Autoelektriker. Die

Kneipenpost funktioniert. Ein junger Mann will mir morgen helfen; er wohnt sogar in meinem Haus.

Samstag, 23.09.89

Um zehn bin ich mit Ronny verabredet; er lernt in einer Privatfirma Autoelektriker. Was er macht, hat Hand und Fuß. Der Anlasser ist hin. Das Auto muss in die Werkstatt; vielleicht klappt es am Montag bei seinem Meister. Einmal dabei, repariert Ronny gleich noch ein paar Kleinigkeiten. Ich bin mit seiner Arbeit sehr zufrieden und gebe ihm einen Fuffi; wer weiß, wann ich ihn wieder brauche.

Montag, 25.09.89

Zehn nach sechs kommt Ronny, er schiebt mich an. Wir fahren die Leninallee runter. Satter Verkehr. Drei viertel sieben stehen wir vor der Werkstatt. Ronny spricht mit seinem Chef und schickt mich dann zur Aufnahme. Der Chef vergibt die Termine selbst. Ich berufe mich auf Ronny, und er fragt mich, ob ich warten möchte; welche Frage, natürlich möchte ich. In einer halben Stunde hat Ronny einen neuen Anlasser eingebaut, macht rund 225 Mark. Ich bin so gerührt, dass ich 250 hinlege.

Dienstag, 26.09.89

In Saschas Schule wird für die 5c das neue Elternaktiv gewählt. Ich war drei Jahre lang Vorsitzender; jetzt habe ich einen Jüngeren vorgeschlagen, weil ich denke: Zu alte Männer sollten nicht zu lange zu hohe Funktionen bekleiden.

Mittwoch, 27.09.89

Die „Berliner Zeitung" teilt uns schön eingerahmt mit:

> Das Palasthotel bleibt vom 4. bis 8.10.1989 geschlossen. Gäste, die in diesem Zeitraum das Restaurant Jade gebucht haben, melden sich bitte im Verkaufsbüro. Tel.: 241 22 45.

Also: Fürstenlogis. Da kann doch die herrschende Klasse nicht im Jade rumschmatzen. Es lebe der 40. Jahrestag!

Vor zwei Jahren feierte Berlin sein 750-jähriges Bestehen. Da war ja was angesagt. Die ganze Republik entbot der berühmten Hauptstadt ihren Gruß. Jeder Bezirk präsentierte sich mit seinen Produktionserfolgen. Nicht genug damit, dass Bauleute aus allen Ecken des Landes Jahr für Jahr auf Berliner Baustellen arbeiten müssen, jetzt durfte die Republik auch noch die Fürstenfeier ausrichten. Da konnte sich der sächsische Volksmund natürlich nicht zurückhalten. Im August 1987 hat mir Nachbar Mischa ein Gedicht in die Hand gedrückt. Das holperte und stolperte ein wenig, aber die Idee war toll. Ich hab sie ausgesponnen zum:

Geburtstagsgruß

Teure Hauptstadt sei gepriesen!
Alle wollen wir dich grüßen,
alles wollen wir dir geben,
wolln dich putzen, wolln dich pflegen;
wolln für dich Paläste baun,
(selbst gern in die Röhre schaun),
dich mit Stuck und Gold verzieren,
deine Häuser, deine Türen,
wollen vor dir niederknien:
Wir tun alles für Berlin!

In Berlin gibt es Berliner
und – die treuen City-Diener,
die man sich für unser Geld
in der Republik bestellt.
Maurer, Klempner, Zimmermann
klotzen in der Hauptstadt ran;
doch daheim das eigne Haus
sieht schon recht beschissen aus.
Ist auch manches Haus schon hin:
Wir tun alles für Berlin!

Dort fährt man ganz unverdrossen
in den hübschen West-Karossen
auf den Straßen, heil und glatt,
wie sie nur die Hauptstadt hat.
Wir hier mit der Trabi-Pappe,
dieser Kraftfahrzeug-Atrappe,
tragen unser Pappmobil
durch die Schlaglöcher ans Ziel.
Mehr ist da für uns nicht drin:
Wir tun alles für Berlin!

Willst du mal was Feines kaufen,
ohne wochenlang zu laufen,
na, wo fährst du da wohl hin?
Selbstverständlich nach Berlin.
H-Milch, Gurken, Klopapier,
Tiefkühltruhen, Spitzenbier:
wozu alle diese Waren
in der Republik rumfahren?
Wer was braucht, der fährt schon hin:
Wir holn alles aus Berlin!

Gut ist die Berliner Luft
mit dem ganz besondren Duft.
Wird an Sauerstoff sie arm,
gibt es drüben Smogalarm.
Mancher scheut dann keine Kosten,
fährt gleich rüber in den Osten,
denn zu uns kommt so was nicht,
unsre Grenzen, die sind dicht.
West-Smog lassen wa nich rin:
Wir tun alles für Berlin!

In die allerhöchste Höh
loben wir den BFC.
Alles spielt die Mannschaft nieder
und wird Meister immer wieder.

Läuft das Team aufs Fußballfeld,
ist der Kurs auf Sieg gestellt.
Und wenn man nicht gewinnen kann,
ist da ja noch der schwarze Mann:
Elferpfiff und Spielgewinn:
Wir tun alles für Berlin!

Die City ist 'ne Reise wert,
als Reiseziel auch sehr begehrt,
doch ist es sicher angebracht,
dass man Berlin noch schöner macht:
das Traumschiff auf den Müggelsee,
die Sächs'sche Schweiz rund um die Spree,
die Wartburg in den Plänterwald,
den Zwinger nach Marzahn geknallt,
und was da sonst noch passt so hin:
Wir tun alles für Berlin!

Manch Regen ohne Unterlass
macht unsre schöne Hauptstadt nass;
doch vor Regen und vor Pfützen
müssen wir die Hauptstadt schützen.
Man muss endlich etwas machen,
muss – die Hauptstadt überdachen.
Dann wäre sie auf dieser Welt
das allergrößte Zirkuszelt.
Und ließ man nur Besucher rein
mit D-Mark oder Dollarschein
und wären wir auch nicht mit drin:
Wir tun alles für Berlin!

Sonntag, 01.10.89

Im Sommer 1989 hat das Warschauer-Pakt-Land Ungarn
seine Grenze zu Österreich geöffnet. Seitdem wählen, wie
Willy Brandt das einmal genannt hat, etliche von uns mit
den Füßen und laufen davon. Auch in die Bonner Bot-
schaften flüchten viele. Die Deutsche Reichsbahn – Ver-

spätungsweltmeister – fährt jetzt einige tausend DDR-Bürger von Warschau und Prag ins „feindliche" Deutschland.
Heute stehen wir am Abgrund. Keine Angst! Morgen sind wir schon einen Schritt weiter.

Dienstag, 03.10.89

Pension Volkmann singt in „Satt zu essen": „... und 'n Ausweis in der Tasche, der was gilt". Stimme der DDR, Sechzehn-Uhr-Nachrichten: Jetzt dürfen wir – vorläufig, wie es heißt – mit unserem Arbeiter-und-Bauern-Ausweis auch nicht mehr in das Bruderland ČSSR fahren. Die chinesische Lösung (Waffengewalt gegen Demokratiebewegung) bahnt sich an.

So was schreit doch gradezu nach Widerspruch, aber mein Protest gegen das „Sputnik"-Verbot voriges Jahr hat ja auch nichts bewirkt. Am 19. November 1988 hab ich dem „ND" geschrieben:

Mit großer Erschütterung, ja, mit Entsetzen lese ich gerade die Mitteilung über jene anachronistische Maßnahme, dem Staatsvolk der Deutschen Demokratischen Republik den „Sputnik" wegzunehmen. Gegen diese Einschränkung meines Rechtes auf Information als Bestandteil der Menschenrechte protestiere ich auf das Schärfste. Ich fordere, die Zeitschrift „Sputnik" unverzüglich wieder in die Postzeitungsliste der DDR aufzunehmen. Außerdem erkläre ich, dass Ceaușescu den Karl-Marx-Orden der DDR nicht in meinem Namen erhalten hat.

Das konnte der Leiter der Abteilung Leserbriefe so natürlich nicht stehen lassen, geschweige denn veröffentlichen; darum hat er mich folgendes wissen lassen:

Wir haben Ihre Zuschrift zu der Mitteilung über die Streichung des „Sputnik" von der Postzeitungsliste erhalten und zur Kenntnis genommen.

In den vergangenen Tagen haben wir, wie Sie sicher gelesen haben, entsprechende Fragen und die Zusammenhänge behandelt. Unser Kommentar „Gegen die Entstellung der historischen Wahrheit" („ND" vom 25.11.1988, Seite 2) gibt Antwort und legt unsere Position dar. Er ist, wie Sie annehmen dürfen, keine unbedacht hingeschriebene Privatauffassung und richtet sich eindeutig gegen Ansichten in einer Schrift (den „Sputnik"), die nicht die KPdSU repräsentiert, gegen Thesen, die – um es offen zu sagen – identisch sind mit dem, wie es Erich Honecker auf der 7. Tagung des Zentralkomitees nannte, „Gequake wild gewordener Spießer, die die Geschichte der KPdSU und der Sowjetunion im bürgerlichen Sinne umschreiben möchten." Es versteht sich, dass wir unsere antifaschistische Tradition, unser demokratisches und sozialistisches Selbstverständnis und die deutsch-sowjetische Freundschaft nicht durch die geschichtliche Wahrheit entstellende Beiträge der genannten Druckschrift antasten lassen.

Wir befinden uns in völliger Übereinstimmung mit der KPdSU, mit dem, was der Generalsekretär des ZK der KPdSU, Michail Gorbatschow, in seiner bedeutenden Rede anlässlich des 70. Jahrestages der Oktoberrevolution (Wortlaut im „ND" vom 3.11.1987) erklärte.

Wie Sie uns ohne Umschweife Ihre Fragen respektive Ihre Meinung wissen ließen, haben wir mit gleicher Offenheit geantwortet, wofür Sie sicher Verständnis haben.

Wer schon die Übersicht verloren hat, muss wenigstens den Mut zu Entscheidungen haben.

Im Fall „Sputnik" war vom Volksmund nichts zu hören, da musste ich mir selber was einfallen lassen. Mir ging Jürgen Harts vortrefflicher „Sachse" (die sächsische Nationalhymne) durch den Kopf. Da ließe sich vielleicht was machen:

Der Sputnik-Sachse

(Original: Text: Jürgen Hart, Melodie: Arndt Bause)

Der Sachse liebt den Sputnik sehr,
nu ne, nich den zum Fliejen,
drum saust er emsich hin un her

un dut'n doch nich kriejen;
der Sachse dut nich knietschen,
der Sachse singt e Liedchen:

Sing, mei Sachse sing,
es is e eijen Ding
um unsre Deutsche Post
und'n Zauber von Glasnost.
Schonn es eene Wort,
das merkt er sich sofort,
das macht'n augenblicklich
zufriedn, ruich un glücklich.

Der Sachse dut de Hoffnung nich,
nich de Geduld verlieren,
un kricht er och'n Sputnik nich,
dut's'n nich echauffieren:
Der Sachse, der bleibt heiter
und sucht'n Sputnik weiter.

Un kricht den Sputnik in Berlin
bloß noch der olle Fritze,
das haut'n Sachsen ooch nich hin,
da macht er seine Witze.
Un dut man'n ooch verscheißern,
sei Liedchen singt er eisern:

Donnerstag, 05.10.89

Heute fahren acht Züge der Deutschen Reichsbahn acht-
tausend illegal ausgewiesene Republikflüchtlinge in die
feindliche bundesrepublikanische Freiheit. Das bringt am
Ende noch unseren Fahrplan durcheinander.

Ich hol die Wäsche ab und frag mal nach meinem Anorak. Da war der kaputte Reißverschluss der rechten schrägen Seitentasche auszuwechseln. Kostet neunzehn Mark.
Soviel Geld für das kleine Ding, was haben sie denn da gemacht? Nichts haben sie gemacht, nur einen guten Preis.

„Müssen wir reklamieren", sagt die Königstochter. Dann füllt sie einen Vordruck aus und gibt mir davon eine Durchschrift. Ich soll in vierzehn Tagen wiederkommen.

Freitag, 06.10.89
Morgen ist nun unser großer Feiertag. Ich gehe einkaufen. Lange Wagenschlange. Sogar heute ist das große Berliner alle. Früher gab es immer irgendwas Besonderes zu den hohen Jubelfesten, aber das haben wir mit dem „entwickelten System" überwunden. Jetzt gibt es immer nur das, was es immer gibt. Es lebe ...

Nach einem schnellen Bier in der Bierstube setze ich mich vor den Fernseher. Staatsakt im Palast der Republik. EHo liest einem Kreis auserwählter Ge-Volksleute die Festrede vor. Zwischendurch hat Sascha Hunger, so bekomme ich nicht alles mit. Aber das ist kein Verlust, denn was der Vorsitzende vorliest, ist seit Jahren bekannt.

Dann spricht er – Gorbi. Welche Faszination! Welch leuchtender Stern an dem blassen Politikerhimmel der Gegenwart. Was sagt der Mann alles in der kurzen Zeit und vor allem: wie sagt er es! Natürlich spricht er über Glasnost und Perestroika. Und man spürt förmlich, wie er seine Gastgeber beschwört, ihm auf dem Weg des neuen Denkens zu folgen. Ob das Wandlitzer Altersheim kapiert, worum es geht? Die vielen Leute in dem großen Saal jedenfalls – obwohl handverlesen – feiern ihn stehend. Das ist nicht nur der altstalinistische Jubeldienst, das ist selbst in diesen Kreisen Hoffnung auf Änderung bei uns, Hoffnung auf Gorbi.

Samstag, 07.10.89
Nationalfeiertag der DEUTSCHEN DEMOKRATISCHEN REPUBLIK. Hurra! Hurra! Hurra!

Die Taube kommt erst heute Abend nach Hause. Sascha und ich sehen in unserem ersten Programm die Parade der Nationalen Volksarmee. Sie beginnt Schlag zehn Uhr und geht mit bestechender Akkuratesse über die Bühne. Gorbi kann sich ein Schmunzeln nicht verkneifen. Vielleicht ist ihm grade eingefallen, dass er in Preußen ist.

Im vergangenen Jahr hatten wir bei den gleichen Bildern folgenden Dialog:

Sascha: „Papa, die sehn ja alle gleich aus!?"

Papa: „– – –"

Sascha: „Nein, Papa, nicht wegen der Uniformen – im Gesicht. Warum denn, Papa?

Papa: „Das verstehst du vielleicht später mal."

Sascha: „Ach, ich weiß schon, weil die alle das Gleiche essen."

Papa: „Ihr esst in der Schule doch auch alle das Gleiche und seht nicht alle gleich aus."

Sascha: „Ja, Papa, aber ich kipp davon das meiste weg."

Montag, 09.10.89

Gorbi hat EHo gestern einen Nasenstüber verpasst, weil er so halsstarrig an seiner alten Politik festhält. In den Zeitungen kann ich davon jedoch kein Sterbenswörtchen finden, obwohl ich alles von und über Gorbi nun schon zum fünften Mal lese. Im „ND" steht es jedenfalls nicht. Dafür bringt die „Junge Welt" (hoch Schütt!) den aufmüpfigsten Beitrag, der je in einer DDR-Tageszeitung gedruckt wurde; Hermann Kant ist der Mutige.

Auch ich lasse Dampf ab und bediene mich dazu einer Passage aus Goethes „Faust":

Faust 1989

(Original: Faust. Zweiter Teil. 5. Akt – 11560)

Ein Sumpf zieht durch das Land sich hin,
verdirbt so manches schon Gelungene,
doch neu zu leben wär das Höchsterrungene.
Erschlöss es Räume doch den Millionen,
nicht sicher zwar, doch tätig-frei zu wohnen.
Im Innern hier ein paradiesisch Land?

Rast draußen wirklich Flut bis an den Rand?
Ja, wenn sie wahrhaft sucht, gewaltsam einzuschießen:
Gemeindrang eilt, die Lücke zu verschließen.
Und diesem Sinne bin ich ganz ergeben,
das ist der Weisheit letzter Schluss:
Nur der verdient sich Freiheit wie das Leben,
der täglich sie erobern muss.
Doch hier verbringen Weib und Mann fürwahr
fern von der Welt ihr tüchtig Jahr.
Solch ein Gewimmel möcht ich sehn,
als *freies* Volk in *alle* Welt zu gehn.
Zum Augenblicke dürft ich sagen:
Verweile doch, du bist so schön.
Es kann die Antwort auf die abertausend Fragen
nicht in den Redaktionen untergehn. –
Im Vorgefühl von solchem hohen Glück
genieß ich jetzt den höchsten Augenblick.

Donnerstag, 12.10.89

Gestern bin ich nach Dresden gefahren; ich will nach
Wiesa im Erzgebirge. Der Zug nach Karl-Marx-Stadt fährt
5.34 Uhr. Ab fünf hat der Zeitungskiosk am Hauptbahnhof
schon geöffnet. Ich bin etwa der Dreißigste in der Schlange.
Da ist irgendwas im Busch ... aha! „ND", Seite 1:

Erklärung des Politbüros
Nach 40 Jahren DDR entdeckt das SED-Politbüro die

Freiheit. Absoluter Wahnsinn!

Den Bahnhof in KaM-Stadt haben sie wunderhübsch
vorgerichtet; ich frühstücke wie ein Fürst. Der Bus nach
Wiesa fährt zuverlässig wie immer. Bei meinem vorigen
Besuch habe ich den Männern vom VEB (Volkseigener Betrieb) Geräte-und Werkzeugbau gesagt, sie sollen endlich
mal das verrostete Geländer an der neuen Brücke streichen.
Heute strahlt es mich im herrlichsten Blau an; ich strahle
zurück. Aber dann erwähnt jemand beiläufig, dass der Minister hier war. Alles klar.

Freitag, 13.10.89

Auf meine letzte Zuschrift hat das „ND" überhaupt nicht reagiert. Jetzt, nach der „Erklärung des Politbüros", kann ich mich natürlich nicht bremsen, dem Zentralorgan ein paar Zeilen zu schicken:

Sehr *belehrte* Redaktion!

Mit dem Brief vom 30.8.89 hatte ich Euch meine streitbaren Gedanken angeboten. Aber sechs Wochen vor der „Erklärung des Politbüros" konntet Ihr solcherart Streitschrift natürlich nicht für druckwürdig befinden, wenngleich sich heute herausstellt, dass manche meiner Äußerungen ziemlich stark im Trend der neuen Auffassungen des Politbüros liegen. Doch mit Eurer „neuen Lebensverbundenheit" wird das vielleicht jetzt alles ganz anders werden. Wir sollten es ausprobieren.

Seinerzeit übersandte ich Euch meine Protestnote vom 19.11.88 zum „Sputnik"-Verbot. Und heute wiederhole ich mein Begehren, den „Sputnik" wieder in die Postzeitungsliste der DDR aufzunehmen. Wie wär's denn mit einer Leserdiskussion dazu? Oder ist das nicht lebensverbunden genug?

Samstag, 14.10.89

Im Fernsehen wird gezeigt, wie die Leute in Madrid am Sonntag einkaufen können. Von der Semmel bis zur Tiefkühltruhe ist alles zu haben – am Sonntag! Das hat mit unserm rex solimus nichts zu tun.

Montag, 16.10.89

Ich will Fisch kaufen. Mutter Witt hat zu. Beim Fischladen in der großen Lichtenberger Halle sieht es nicht besser aus, ab sechzehn Uhr geschlossen. In der Nähe ist noch ein Fischgeschäft: Heute nur bis achtzehn Uhr geöffnet. Na ja, Berlin-Lichtenberg ist eben nicht Madrid.

In unserem Fernsehen ist zur Zeit allerhand los, das heißt, eigentlich ist in der berühmten demoli allerhand los. Vielleicht beginnt jetzt die zweite, die wahre Gründung der Deutschen *Demokratischen* Republik.

Dienstag, 17.10.89
Meine heutige Fischtour verläuft genauso erfolglos wie die gestrige. An wem das nun wieder liegen mag. Apropos Flossentier, ein Sprichwort in meiner pommerschen Heimat sagt: Der Fisch fängt am Kopf an zu stinken.

Mittwoch, 18.10.89
Am frühen Nachmittag bringt „Stimme der DDR" die Jahrhundertmeldung:

EHo legt alle seine Ämter nieder.

Auf der 9. Tagung des ZK der SED habe er darum gebeten, aus gesundheitlichen Gründen alle seine Ämter abgeben zu dürfen. EHo weiß sich zu benehmen. Er sagt nicht einfach wie weiland der sächsische König: „Da macht doch eiern Dreck alleene!", nein, EHo bittet zurücktreten zu dürfen. Er darf. Jetzt ist Egon dran. Er wird zum Generalsekretär des Zentralkomitees der Sozialistischen Einheitspartei Deutschlands gewählt. Falls die Volkskammer ihn wählt, soll Egon auch Staatsratsvorsitzender werden; das wird schon klappen, denn bisher hat die Volkskammer noch jeden gewählt, den sie wählen sollte.
Der Wechsel an der Spitze wirkt sich schon aus: In Kaulsdorf-Süd bekomme ich endlich meinen Räucherfisch. Am Abend spricht, genauer gesagt liest, Egon im Fernsehen; das dauert fast eine Stunde. Ein Gorbatschow ist er nicht, aber von EHo hebt er sich doch ein wenig ab.

Freitag, 20.10.89
Als ich nach einem Bierschwatz aus meiner Bierstube Komet hochkomme, höre ich im RIAS: Der „Sputnik"

kommt wieder. Gleich danach bringt die Aktuelle Kamera die ausführliche Meldung. Das ist nicht nur ein Signal für das aufgewühlte Staatsvolk der späten demoli, das ist ein Fanal der neuen Politik, zu der unsere Führung nunmehr ganz offensichtlich fähig ist. Von der Sowjetunion lernen …

Sonntag, 22.10.89

Aktuelle Kamera. Völlig neuer Stil, seit Tagen schon, heute besonders auffällig. Der Knüller: die Leipziger Diskussion mit Gewandhaus-Kapellmeister Kurt Masur. Ein großer Dirigent ist er schon lange, jetzt ist er auch ein großer Politiker.

Dienstag, 24.10.89

Später Vormittag. Der Rundfunk überträgt die Volkskammersitzung. EHo wird als Staatsratsvorsitzender entlastet. Die Ab-und Angeordneten wählen EK zum neuen Vorsitzenden des Staatsrates der Deutschen Demokratischen Republik – mit sechsundzwanzig Gegenstimmen. Au Backe! Das sind wahrscheinlich in 40 Jahren die ersten Gegenstimmen in dem Hohen Haus. Ich kann mich jedenfalls nicht erinnern, dass es dort jemals eine Gegenstimme gegeben hätte. Die Satirezeitschrift „Eulenspiegel" hat die penetrante Einstimmigkeit in der Volkskammer vor vielen Jahren mal auf ihrem Titelblatt durch den Kakao gezogen.

Der Arbeiterdichter Kuba (Kurt Barthel) hat 1948 ein Gedicht geschrieben, in dem er aus einer fernen, besseren Zukunft auf den schweren Anfang zurückblickt:

Sagen wird man über unsere Tage

Sagen wird man über unsere Tage:
Altes Eisen hatten sie und wenig Mut,
denn sie hatten wenig Kraft nach ihrer Niederlage.
Sagen wird man über unsere Tage:
Ihre Herzen waren voll von bitterem Blut.
Und ihr Leben lief auf ausgefahrenen Gleisen,

wird man sagen –
Und man wird auf gläsernen Terrassen stehn –
Und auf Brücken deuten –
Und auf Gärten weisen –
Und man wird die junge Stadt zu Füßen liegen sehn
und wird sagen:
Die den Grundstein dazu legten,
wurden ausgelacht und hungerten,
und doch
planten sie und bauten und bewegten
Trümmersteine.
Und im überlegten Handeln fluchten sie.
Ach,
zweifelten sie noch ihre eigene Kraft an.

Denn ein böses Erbe,
Krieg und Kriegsbetrug verwirrte ihren Sinn.

Doch den Kriegen folgte jene Zeit der Wettbewerbe,
und die Zeit der Wettbewerbe
war der Anbeginn.

Na ja, so ganz hat sich weder Kubas noch Väterchen Stalins optimistische Vorahnung erfüllt. Die Gärten und die
gläsernen Terrassen sind – wie manches andre auch – doch
etwas bescheiden ausgefallen. Es reizt mich, Kubas Gedicht
in das Jahr 1989 zu übertragen:

Sagen wird man über jene Tage

Sagen wird man über jene Tage:
Altes Denken plagte sie und schwacher Mut,
denn sie hatten wenig Macht in ihrer Lebenslage.
Sagen wird man über jene Tage:
Ihre Herzen waren voll von bittrem Blut.
Und ihr Leben lief auf ausgefahrnen Gleisen,
wird man sagen. –
Und man wird auf gläsernen Terrassen stehn –

und auf Brücken deuten –
und auf Gärten weisen. –
Und man wird auf unser neues Leben sehn
und wird sagen:
Die den Grundstein dafür legten
wurden totgeschwiegen, ausgebürgert und verjagt
und doch
haben schließlich Hunderttausende gewagt,
auf der Straße ihre Rechte einzuklagen
und sie stellten ihre abertausend Fragen,
wie in vierzig Jahren keiner sie gehört.
Denn von Machtmissbrauch und Wahlbetrug
war das Staatsvolk reichlich aufgestört.
Doch dem Machtgebrauch mit Lug und Trug
folgte jene Zeit der Gegenstimmen
und sie schärfte ihren Sinn.
Und die Zeit der Gegenstimmen
war der Anbeginn.

Freitag, 27.10.89

Jetzt müsste der Tag 124 Stunden haben. Wer hätte gedacht, dass es praktisch über Nacht Spaß macht, in diesem Land Zeitung zu lesen. Summa summarum: Nun hat auch die DDR ihre Oktoberrevolution. Übrigens hab ich spätestens vor einem Jahr gesagt: Solange EHo Generalsekretär ist, ändert sich gar nichts, aber der Mann, der nach ihm kommt, kann seine Politik nicht fortsetzen.

Samstag, 28.10.89

EK hat Gorbi offensichtlich besser verstanden als EHo. Gestern Amnestie für die „Politischen", nächste Woche Visite in Moskau.

Ich will Staatsrat und ZK ein paar Forderungen zur Umgestaltung der gesellschaftlichen Verhältnisse in der DDR auf den Tisch legen:

- Überarbeitung der Verfassung und der Gesetze
- Auflösung der Nationalen Front
- Streichung des Führungsanspruchs der SED in der Verfassung
- Auflösung der Kampfgruppen
- Reiserecht für alle
- Änderung des Wahlrechts
- Pflichtfremdsprache in der Grundschule Englisch statt Russisch
- Auflösung der Intershops
- Einführung einer konvertierbaren Währung
- und, und, und …

Aber wann soll ich das machen? Zum Glück machen alle andern auch mit.

Die nächste ZK-Tagung soll vom 8. bis zum 10. November stattfinden. Da müssen erst mal alle alten Männer des Politbüros mit dem Genossen Tapeten-Hager an der Spitze in den nachzeitigen Ruhestand versetzt werden. (Ideologiechef Hager hatte auf Forderungen nach Gorbisierung der DDR-Politik sinngemäß geantwortet, man müsse ja nicht gleich seine Wohnung vorrichten, nur weil der Nachbar neue Tapeten geklebt hat.)

Mein Anorak ist nach reichlich vierzehn Tagen im zweiten Anlauf immer noch nicht fertig, aber das hat die Königstochter mir sehr nett beigebracht. Eigentlich soll die Reparatur nach zwei Wochen fertig sein, doch gewöhnlich dauert es etwas länger. Ein schönes Beispiel für den Unterschied von *formal* und *real*. *Formal* ist die DDR ein ziemlich demokratischer Staat, aber *real* sieht das schon etwas anders aus.

Montag, 30.10.89

Am Nachmittag fahre ich nach Dresden. Otto Arndts (Verkehrsminister der DDR) Ex-Wunder (Expresszüge der Reichsbahn zwischen den Bezirksstädten und Berlin) hat nur zwanzig Minuten Verspätung. Ich habe es kaum bemerkt; man ist heute für jede Minute dankbar, die man länger Zeitung lesen kann.

Am Dresdner Rathaus läuft eine Demo. Vielleicht fünfhundert Leute; etliche kommen noch aus der nahen Kreuzkirche. Eine Frau spricht ohne technische Hilfsmittel. Ich kann nichts verstehen. Die Menge spendet ab und an begeistert Beifall. Auch die Transparente sehe ich nur von hinten.

Abends sind einige tausend Dresdner auf der Straße, ganz friedlich, kaum ein Polizist dabei. Mein Volk hat zu sich selbst gefunden, indem es sich „zusammenrottet". (Bis zum Sturz von EHo wurden die Demonstrationen für eine andere Politik in der DDR offiziell als Zusammenrottungen bezeichnet.)

Samstag, 04.11.89

Nachrichten: Fünf Mumien aus dem Politbüro zurückgetreten. Die Lawine rollt. Ich rolle mit Nadja zum Alex.

Menschen, Menschen, Menschen: eine halbe Million oder mehr. Rund um den Alex alles knüppeldicke voll. Das ist wahrscheinlich die größte Demo in der Geschichte der DDR. Hier steht das Volk und meldet sich zu Wort. Von der Führung ist kaum was zu sehen und zu hören.

Das Neue Forum hat in vier Wochen größere Köpfe hervorgebracht als die SED in vierzig Jahren. Endlich machen wir das Brecht-Wort wahr: Um uns selber müssen wir uns selber kümmern. Vorwiegend kluge, menschliche Reden der zumeist prominenten Frauen und Männer, die zu den Massen sprechen. Eine Sternstunde für unser Land. Die Folgen sind überhaupt noch nicht abzusehen. Vielleicht stehen wir vor der größten Perestroika, die es je gegeben hat. Ich bin dabei.

Sonntag, 05.11.89

Dieses Jahr erleben wir wirklich einen ganz ungewöhnlichen Herbst. Auf der Datsche blühn zum zweiten Mal die

Gänseblümchen, die Frühkirsche treibt noch mal aus und mehrere Sträucher tragen die zweiten Erdbeeren, allerdings werden sie nicht mehr rot im November.

Montag, 06.11.89

In der Bierstube lerne ich einen Stammkunden als Mitglied des Neuen Forums kennen. Ziemlich militant der Mann. Da ist vielleicht doch nicht alles Gold was glänzt, auch wenn Forumprofessor Reich auf der großen Berliner Demo eine der besten Reden gehalten hat.

Dienstag, 07.11.89

Ich bin mit Kollegen von der Flugzeugwerft Dresden in Heringsdorf auf meiner Heimatinsel Usedom. Die Werft hat hier ein Ferienheim, das soll ich begutachten. Am Abend in der Gaststätte erfahre ich von der Bardame, dass meine Regierung zurückgetreten ist. Also werden wir eine neue bekommen und die alte wird sich nicht – wie Brecht als Antwort auf den Aufstand vom 17. Juni 1953 empfahl – ein neues Volk suchen müssen.

Als ich wieder in Berlin bin, wird verkündet: Egon – mächtig gewaltig – hat eine neue Olsenbande gegründet, nachdem das alte Politbüro zurückgetreten war. Aber nicht zu dritt, nein, seine hat elf Mitglieder. Hans Modrow, der „Dissident" aus Dresden ist auch dabei; er soll der neue Ministerpräsident werden.

Donnerstag, 09.11.89

Nach Dienstschluss steigt im KBA die jährliche Freundschaftsparty der recht beflissenen DSF(Deutsch-Sowjetische Freundschaft)-Betriebsgruppe mit sowjetischen Touristen. Diesmal kommen die Leute aus Sacharow-City (Gorki). Wir sind bester Dinge. Irgendwie kann ich mich mit ihnen besser verständigen nach unserer Revolution.

In der Nacht findet noch eine andere Freundschaftsparty statt: das große Mauerfest. Menschen aus allen Ecken der geteilten Stadt feiern nicht die Mauer, sondern auf der Mauer. Sekt ... Tränen ... Umarmungen ... unendlicher Jubel ...

Freiheit

Freiheit

Freiheit

f r e i

Freitag, 10.11.89

„Stimme der DDR" sendet Reportagen vom Mauerfest. Traum. In den Nachrichten wird von gefeuerten Stalinisten berichtet. Jetzt ist die Lawine nicht mehr aufzuhalten.

Westfernsehen. Auf einer Kundgebung in Westberlin sprechen Genscher, Momper, Brandt und Kohl, der seinen Polenbesuch unterbrochen hat. Beifall. Aber als Kohl spricht, sind auch Pfiffe zu hören. Am Ende singen die Männer das Deutschlandlied, nicht sehr gut und fast allein. In der Menge reckt einer die DDR-Fahne hoch.

Gegen 18.30 Uhr findet noch eine solche Kundgebung in Westberlin statt. Jetzt weiß ich auch, warum EK zur gleichen Zeit in den Lustgarten eingeladen hat. (Wir werden nicht mehr wie früher zum Jubeldienst „delegiert", sondern nur noch – ohne Kontrolle – von der Parteileitung aufgefordert teilzunehmen.)

Am Abend war ich mit Nadja in der Volksbühne. Das Moskauer Künstlertheater MCHAT gastiert dort mit „Zwei auf einer Bank", die bekannte Dreiecksgeschichte: zwei Frauen und ein Mann; phantastisch gut gespielt. Jetzt, nach neun, fahren wir zur Friedrichstraße. Dort zwängt sich eine Riesenschlange aus einigen tausend Menschenleibern in den Westen; das geht schneller als morgens eine Zeitung kaufen. Dann fahren wir am Brandenburger Tor vorbei: auch hier sind Tausende auf den Beinen.

Später klingelt Nachbar Mischa und erzählt uns ganz aufgelöst, wie er drüben – in voller Maurerkluft – die ersten Stunden der Freiheit verbracht hat. Vielleicht sollten wir auch mal einen Trip wagen.

Samstag, 11.11.89

Halb acht sitze ich vor Fernseher und Radio. SAT 1, RIAS 1, Thema 1: Ein DDR-Bagger reißt die Mauer ein. Jubel, Tränen, Freude ... Wahnsinn! Ich muss an meine Braunschweiger denken. Zwanzig Jahre lang hab ich ihnen nicht mal eine Weihnachtskarte geschickt. In den Rüstungsbetrieben musste sich jeder verpflichten, keinen Westkontakt zu haben. Nicht zu vermeidender Kontakt war zu melden. Prüfgruppenleiter Horst ist vom Direktor des KBA Berlin ein strenger Verweis erteilt worden, weil er ohne Erlaubnis an der Hochzeit seines Sohnes teilgenommen hatte, zu der auch ein altes Tantchen aus der BRD gekommen war. Im PBS in Dresden ist ein Ehepaar fristlos entlassen worden, weil die Mutter der Frau, die bei ihrer Tochter wohnte, häufig Pakete aus dem Westen bekommen hatte.

Am Vormittag fahren wir zur Polizei auf der Loch-Straße. Etwa achtzig Leute stehen nach Visa für Westberlin an. Die Meute wird von den Männern und Frauen, teils in Uniform, teils in Zivil, gleich draußen abgefertigt. Um 11.11 Uhr kommt ein Polizist aus dem Haus mit einem Pfannkuchen in der Gusche und ruft: „Helau!" Karneval? Auf jeden Fall ist unsere Stimmung nicht schlechter als die der Jecken zur Fastnacht in Köln. Die Polizei arbeitet absolut

schnell. Es dauert keine zehn Minuten und wir haben unsere Visa in der Tasche.

Sonntag, 12.11.89

Mit Mischa tuckern wir im Trabi zum Checkpoint Charlie und parken ganz frech auf dem Diplomatenparkplatz.
Ohne den geringsten Aufenthalt gehen wir rüber. Absoluter
Traum. Von der Kochstraße fahren wir mit der U-Bahn Linie sechs bis zum Mehringdamm und steigen dort in die
sieben um. Die Bahn ist brechend voll. Mischa war hier am
Freitag schon mal und macht jetzt den Stadtführer. Er fährt
mit uns zur Blissestraße, dort hat er sein Begrüßungsgeld
bekommen.

Wir fallen sozusagen direkt aus der U-Bahn in eine ge-
öffnete (Sonntag!) Sparkasse; die ist fast leer. Als bescheidene DDR-Bürger stehen wir unschlüssig in der Halle rum,
werden aber gleich an die Schalter gewunken.

Nadja und Sascha gehen zu einem Herrn, der lange in
Nadjas DDR-Aufenthaltsgenehmigung rumblättert. Mit ihrer sowjetischen Staatsangehörigkeit hat sie keinen Anspruch auf das Begrüßungsgeld. Aber der Mann drückt ein
Auge zu und gibt ihr die hundert D-Mark. Auch Sascha bekommt den freundlichen Obolus.

Mich bedient eine Dame. Auch sie blättert in meinem
Ausweis und fragt mich: „Ist ihr Junge mit hier?"

„Ja, aber er bekommt sein Geld schon bei meiner Frau."

Vor der Sparkasse wird kostenlos Kaffee ausgeschenkt
und Gebäck verteilt. Das schlagen wir natürlich nicht aus.
Wir fahren weiter zur Wilmersdorfer Straße. Dort ist allerhand Betrieb. Etliche Geschäfte haben geöffnet, aber wir
kucken nur, für uns sind hundert D-Mark doch ein Schatz.

Nach dem Bummel auf der Wilmersdorfer fahren wir
zum Adenauerplatz, um den Kudamm zu erleben: phantastisch. Was mir mächtig ans Herz geht: Die Leute hier
schmücken die Trabis mit Rosen. Ich könnte vor Rührung
heulen. Großer Trubel an der Gedächtniskirche. Auf dem
Kudamm kann man kaum treten. Etwa um halb zwölf sind

wir rüber, gegen vier fahren wir mit der U-Bahn zurück zur Kochstraße. Jetzt müssen aber auch die Westberliner aus ihrem Inseldasein erlöst werden. Der Schwindel mit dem Mindestumtausch muss aufhören und sie müssen reisen dürfen wie wir: Freiheit für alle!

Montag, 13.11.89
Vor der Staatsbank im Keller des Lichtenberger Bahnhofs stehen an die fünfzig Menschen; sie holen sich das Begrüßungsgeld Ost. Das sind fünfzehn D-Mark, aber dafür muss man fünfzehn DDR-Mark bezahlen.

Ich folge einem Hilferuf aus Weißensee. Die volkseigene Industrie hat Probleme mit der Bausubstanz: alte Buden aus der Zeit von Marx und Engels. Die meisten Dächer sind im Eimer; es regnet den Werktätigen auf die Werkbänke. Einige Dächer drohen einzustürzen. Vor kurzem soll eine Arbeitsschützerin den sozialistischen Leitern aufs Dach gestiegen sein, die haben jetzt noch rote Ohren. Ich verspreche ihnen, ganz schnell mit Stempel und Unterschrift bauaufsichtlich zu bekunden, dass der Dachschaden unverzüglich zu beheben ist. Geb's Gott.

Dienstag, 14.11.89
Mich treibt es wieder mal nach Dresden. Der Metropol hat schon in Schönefeld Verspätung, aber nur vier Minuten. Er ist gestrichen voll. Die Freiheitskämpfer aus Dresden kommen von ihrem Einkaufstrip nach Berlin-West – zur Zeit Hauptstadt der Deutschen Demokratischen Republik – zurück. Also opfere ich mich für mein großes Volk und stehe die knapp zweihundert Kilometer von Spreeathen bis Elbflorenz.

Der Zug ist pünktlich. Im Hauptbahnhof großer Trubel: Volksfeststimmung. Auf der Prager Straße sprudeln noch die Springbrunnen. Sonst waren sie um diese Zeit längst eingemottet. Dresdner Frühling im November. Die elektronische Zeitung am Hauptbahnhof meldet: „Mit Beifall und Bravorufen wurde die Staatskapelle Dresden bei ihren ersten acht Konzerten während ihrer BRD-Tournee gefeiert.“ Diesmal vielleicht nicht nur der Musik wegen.

Donnerstag, 16.11.89

Gestern haben unsere Amateurfußballprofis mal wieder das entscheidende Spiel verloren, in diesem Fall 0 : 3 gegen Österreich. Uns fehlt eben Professionalität – nicht nur im Fußball.

Vor den Dresdner Filialen der Staatsbank stehen sich Tausende wegen fünfzehn D-Mark die Beine in den Bauch. O Gott! Du armes Volk!

Meldung des Tages: Das „ND“ hat ein neues Impressum und die Demagogen mussten gehen, auch der Abuladse-Rufmörder („Die Reue“) Dr. Wessel. Die frohe Botschaft verträgt natürlich ein Schlückchen, da kommt mir das Radeberger Bier im Zug nach Berlin gerade recht.

Freitag, 17.11.89

Nun muss ich aber doch mal nach meinem Anorak schauen. Die Königskinder haben den kaputten Reißverschluss überhaupt nicht entdeckt, dafür aber den großen gewechselt, der war völlig in Ordnung. Es lebe die gebildete Nation! Jetzt muss ich noch mal zwei Wochen warten. Abgegeben habe ich den Anorak mit dem Auftrag, den Reißverschluss an der rechten schrägen Seitentasche zu wechseln; das war am 1. September!

Wo wir sind, klappt nichts – aber wir können ja nicht überall sein.

Samstag, 18.11.89

Wir haben wieder eine Regierung: Hans Modrow mit seinen vorwiegend neuen Männern und Frauen will die Karre aus dem Dreck ziehen.

Montag, 20.11.89

Am Nachmittag findet die erste Parteiversammlung nach der Wende statt. Unsere Vertreter für die Delegiertenkonferenz des Kreises sind zu wählen, dort werden dann die Delegierten für den außerordentlichen Parteitag gewählt. Früher wurde so was von der Parteileitung entsprechend „vorbereitet", aber heute zieht sich das hin. Mir wird klar, dass die meisten SED-Seelen ziemlich verbogen sind. Da haben wir noch viel zu tun, um uns den alten Stalin auszutreiben. Wenn wir um uns herum was ändern wollen, müssen wir uns erst mal selbst ändern. Die Versammlung dauert länger als drei Stunden. Zehn vor acht bin ich zu Hause.

Dienstag, 21.11.89

In Prag hat das Volk die Straße erobert. Das bedeutet: Die Revolution hat schon gesiegt, denn jetzt kann nichts und niemand mehr das Volk von der Straße vertreiben. In Bulgarien scheint es auch zu laufen. Bleibt nur noch der rumänische Zwerg. Kleine Männer mit großer Macht bringen meistens Unglück. Aber auch die Tage des epochalen Imperators dürften gezählt sein.

Donnerstag, 23.11.89

Im „International" läuft der von den Fürsten verbotene DEFA-Film „Spur der Steine" mit Manne Krug als Balla. Krug ist im Kino, trifft EK und spricht zu den Anwesenden.
Prag brodelt. Andere Städte folgen dem Prager Beispiel. In Bratislava spricht der legendäre Dubček. Der Sieg des Volkes zeichnet sich ab; es kann nur noch Tage dauern.

Freitag, 24.11.89

Jubel in Prag: Die alte Führung musste abdanken. Der Prager Frühling, den Breshnews Panzer 1968 niedergewalzt haben, kehrt nach einundzwanzig Jahren in die Goldene Stadt zurück. Dubček spricht zu seinem Volk. Da wird das rumänische Rumpelstilzchen vielleicht doch schon mal ans Kofferpacken denken.

Samstag, 25.11.89

Heute wollen wir nach Braunschweig fahren. Kurz nach

vier stehe ich auf. Um halb sieben sitzen wir endlich im Trabi, weil Nadja mit ihrem Reiseputz ewig nicht fertig wurde. Nachbar Robert fährt mit nach Magdeburg, weil er gestern nicht in den überfüllten Bahnhof Lichtenberg reingekommen ist und deshalb seinen Zug verpasst hat.

Viertel zehn sind wir in Magdeburg. Robert zeigt mir in der Nähe seiner Wohnung eine Tankstelle; dort muss ich nicht warten. Dann setzen wir ihn ab und fahren zurück zur Autobahn. Gegen halb zehn passieren wir die Grenze. Kein Stau, keine Kontrolle. Zwei DDR-Wagen werden von unserm Zoll kontrolliert, alles andre rollt.

Und wie das rollt auf dem Asphaltteppich, da schnurbst der Trabi aber los. Braunschweig-Nord: Wir verlassen die Autobahn. In der Stadt fragen wir nach der Wendenstraße und finden sie, ohne uns zu verfahren. Halb elf sind wir bei Traudchen. Sie ist meine Tante und lebt mit ihren beiden Söhnen, Reiner und Hardi, seit den fünfziger Jahren in Braunschweig. Ihr Mann – der Bruder meiner Mutter – ist 1954 gestorben.

Ich hab die ganze Zeit Bammel, dass ich heulen muss, wenn wir uns nach der langen Zeit wiedersehen, aber es geht. Reiner erzählt mir später, sie hätten alle geweint, als sie im DDR-Fernsehn miterlebten, wie die Mauer fiel. – Wie haben wir nur so leben können all die Jahre? Das kann man Menschen aus einer anderen Welt nicht erklären.

Sonntag, 26.11.89

Gestern waren wir beim Griechen essen – mittelprächtig. Heute gehen wir in ein neu eröffnetes Restaurant gleich neben Traudchens Wohnung: chinesische und indonesische Küche. Niveau etwa wie das Jade in unserem Palast-Hotel. Ich esse gebackenen Fisch mit Bambusspitzen und allerlei exotischem Gemüse für 14,50 Mark, ganz entzückend. Dazu ein gutes Bier zu 3,50 Mark. Wenn man einen kräftigen Zug hat, wird's ein bisschen teuer.

Ja, das waren noch Zeiten, vor zehn, fünfzehn Jahren in Dresden. Kumpel Karli wohnte gleich neben dem Interhotel

Astoria; da waren wir beide natürlich Stammgäste. Ein mittleres Essen kostete fünf, sechs Mark und ein Radeberger Bier ganze sechzig Pfennig. Da haben wir zu Silvester noch die Kellner mit freigehalten und waren blau wie die Stinte.

Ich weiß nicht, wie oft meine Braunschweiger sich so einen Gaststättenbesuch leisten können. Reiner und Hardi sind arbeitslos (wenn ich das richtig mitbekommen habe). Traudchen hat wohl eine ganz gute Rente, aber manches ist hier ziemlich teuer. Allerdings: Wenn wir heutzutage bei uns ins Jade gehen, bezahlen wir auch fünfzig Mark pro Person; das können wir uns einmal im Jahr leisten. Geld hin, Geld her; mal sehn, wie es jetzt weitergeht hüben und drüben. Jedenfalls sind wir erst mal wieder normale Verwandte.

Traudchens Nachbarn schenken uns fünf große Müllsäcke voll Klamotten, die meisten so gut wie neu. Es ist ihnen peinlich, uns abgelegte Sachen anzubieten, aber ich beruhige sie. Nadja hat schon ganze Waggonladungen in die Sowjetunion geschleppt, dort haben sie's wirklich nötig.

Am Nachmittag, gegen vier, verabschieden wir uns. Ich bin erstaunlich schnell auf der Autobahn. Satter Verkehr und ein Sauwetter. Halb fünf sind wir am Ende vom Stau; der ist laut Radiomeldung etwa dreizehn Kilometer lang. Stop-and-go. Einmal hätt es fast geknallt. Wir erreichen die Grenze. Wieder kein Aufenthalt; unser Zoll kontrolliert nur hier und da mal. Das Kolonnefahren ist bei dem miesen Wetter ziemlich anstrengend, ich komme aber wieder mit Fastunfällen davon. Um neun sind wir zu Hause. Ich bin ein bisschen kaputt, aber sehr glücklich.

Mittwoch, 29.11.89

Geschlagene drei Monate warte ich jetzt darauf, dass mir die Arbeiterkönige der volkseigenen Dienstleistungsbude in die rechte schräge Seitentasche meines Anoraks einen neuen Reißverschluss einnähen. So was muss wohl zum Aufstand führen.

Donnerstag, 30.11.89

Der Bahnhof Schönefeld ist plötzlich ein Weltbahnhof: Menschen über Menschen. Vorm Eingang ein piekfeiner Westberliner Doppelstockbus. Überall Hinweisschilder: Rudower Chaussee. Der Zug kommt wohl pünktlich, ist aber knackevoll; ich stehe wieder bis Dresden. Dort hat er fünfzehn Minuten Verspätung. Es ist hundekalt.

Freitag, 01.12.89

Nadja sieht einen Film mit Romy Schneider, als ich nach Hause komme. Ich gehe rüber zu Mischa Fußball kucken. Danach bringt die AK 2 den Hinweis: Anschließend Biermanns Konzert in Leipzig. Das will ich bei uns sehen.

Nadja kann sich von dem Romy-Schneider-Film nicht losreißen; ich drängle. Als wir endlich umschalten, singt Biermann grade das „Greisenlied". Fünftausend Leipziger Helden jubeln dem Ausgebürgerten zu.

Das war ein hinterhältiger Willkürakt unserer Politfürsten, als sie vor dreizehn Jahren den mutigen Barden verbannten. Doch der Schuss ging nach hinten los. Viele der beliebtesten Schauspieler aber auch etliche Künstler, Schriftsteller und Intellektuelle setzten sich für den Gemaßregelten ein. Schließlich folgten die meisten ihm in die BRD, weil er – nach einem Konzert in Köln – nicht in die DDR zurückkehren durfte. Den Aderlass hat unser kleines Fürstentum nie so ganz verwunden.

Wolf Biermann ist kein Philosoph geblieben, weil er geschwiegen hat (wie so viele von uns), sondern einer geworden, weil er die Wahrheit sagte, als die meisten sie nicht hören wollten. Seine Balladen sind sein philosophisches Vermächtnis. Wolf Biermann ist der Villon unserer Tage.

Samstag, 02.12.89

Ein Sumpf zieht durch das Land sich hin ... Davon wird jetzt täglich mehr sichtbar. Schlimmer kann es der rumänische Imperator auch nicht treiben. Mich drängt es mehr und mehr, aus der SED auszutreten.

Sonntag, 03.12.89

Wir wollen uns in die Menschenkette durch die Republik einreihen und so unsere Sympathie für die Demokratisierung und Erneuerung unserer Gesellschaft bekunden.

Fünf vor zwölf ist der Bürgersteig an der Stralauer Allee voll von Menschen. Manche haben Kerzen oder Plakate mit. Kurz nach zwölf gehen wir alle auf den Mittelstreifen der Fahrbahn und fassen uns an den Händen; der Fahrzeugverkehr wird kaum behindert. Viele Fahrer hupen und winken. Dann kommt ein VW-Bus mit japanischen Filmleuten, die machen Aufnahmen von uns. Weiter links befragt ein Reporter die Leute. Mir geht Marx durch den Kopf: „Das Proletariat hat nichts zu verlieren als seine Ketten." Und wir, Kettenmenschen in der Menschenkette, sind wir nicht grade dabei unsre Ketten zu verlieren? Eine Viertelstunde stehen wir so und gehen dann zurück auf den Bürgersteig. Alles paletti.

Nach einem Besuch des Weihnachtsmarktes, bei dem Sascha mein Taschengeld alle gemacht hat, gehe ich auf einen Sprung in die Bierstube. Aus dem Radio dringen Wortfetzen von der ZK-Tagung durch den Kneipenlärm: da läuft was. Dann taucht plötzlich Uwe auf. Er war in Kiew, jetzt kommt er nicht nach Hoyerswerda zurück, das Verkehrswesen ist am Zusammenbrechen. Also fahren wir ihn. Hin fährt Robert, da ich Bier getrunken habe. Hier und da Waschküche, aber um halb zehn sind wir wieder wohlbehalten in Berlin. Wegen der Uwe-Fahrt verpasse ich den ehedem suspendierten DEFA-Film „Geschlossene Gesellschaft" mit Jutta Hoffmann und Armin Müller-Stahl in unserem ersten Fernsehprogramm.

Der Tag ist turbulent: Politbüro und ZK zurückgetreten. Hans Modrow, Wolfgang Berghofer, Gregor Gysi, Markus Wolf und andere wollen die Konkursmasse der SED verwalten. Ich werde wohl morgen auch „zurücktreten".

Montag, 04.12.89

Volker erklärt noch vor der Parteiversammlung an der

Wandzeitung seinen Austritt aus der SED; andere denken darüber nach. Eigentlich läuft alles so wie immer, aber irgendwie liegt eine gewisse Unruhe in der Luft.

Die Versammlung zieht sich hin. Berichte von der Delegiertenkonferenz und alles Mögliche. Lutz soll am Sonderparteitag teilnehmen. Endlich Diskussion; Finger hoch. Ich trete ans Pult und sage, wie ich über Zustand und Zukunft der Partei denke, und dass nach meiner Meinung die Sozialistische Einheitspartei Deutschlands jedes moralische Recht verwirkt hat, in diesem Land politische Verantwortung zu übernehmen. Dann geb ich mein Mitgliedsbuch ab. Betretenes Schweigen. Da zuvor ein Beschluss gefasst worden ist, dass die Versammlungen künftig in der Regel immer öffentlich sein sollen, bleibe ich bis zum Schluss. Das Bier nach der Versammlung schmeckt mir natürlich ganz besonders gut.

Dienstag, 05.12.89

Mit Werner war ich in Mansfeld. Am Abend die gute Nachricht: Ab 1. Januar 1990 reisen in Deutschland alle Deutschen gleichberechtigt, ohne Visum und ohne Eintrittsgeld. Der obligatorische Mindestumtausch für Westbesucher wird abgeschafft. Wir dürfen im Jahr für sechshundert Ostmark zweihundert Westmark „erwerben". Na ja, immer noch besser als in die hohle Hand gesch...ielt.

Donnerstag, 07.12.89

Jetzt ist EK auch als Staatsratsvorsitzender zurückgetreten; Professor Gerlach amtiert. Der Sonderparteitag ist auf übermorgen vorgezogen worden.

Nach dreißig Jahren stalinistischer Geheimniskrämerei darf ich endlich von Aktenschrank und Zimmertür die Siegelnäpfe abschrauben. Schrank und Tür mussten jeden Tag versiegelt werden, obwohl der Betrieb Tag und Nacht bewacht wurde, denn Lenin lehrt: Vertrauen ist gut, Kontrolle ist besser. Doch das ewige Misstrauen macht dich krank mit der Zeit.

Von meinem Anorak ist nichts zu hören und zu sehen, aber nebenan im Blumenladen gibt es wunderschöne Schnittblumen, zwei Wochen vor Weihnachten, toll.

Freitag, 08.12.89

Um Mitternacht komme ich von der Weihnachtsfeier der Bauabteilung nach Hause. Nadja verfolgt in unserem Fernsehen den aufregenden und aufgeregten Sonderparteitag meiner Expartei.

Viele Delegierte fordern die Auflösung der SED, doch die Mehrheit ist dagegen. Aber die Partei soll sich radikal erneuern und auch einen andern Namen erhalten. Die gewendete „Mutter der Massen" soll eine Volkspartei werden.

Parteivorsitzender wird der Rechtsanwalt Gregor Gysi. Wenn er das auf sich nimmt, den Augiasstall auszumisten und den vielen Parteikatholiken den zähen Stalin auszutreiben, dann muss er wirklich von Leninschem Wagemut besessen sein. Ihm zur Seite stehen die beiden Halbhelden aus Dresden: Hans Modrow und Wolfgang Berghofer. Werden die neualten Männer die Karre aus dem Dreck ziehen?

Montag, 11.12.89

Der „Sputnik" ist wieder da und Uwe – mit einem ganzen Karton voll Büchsen-Kindl. Er ist schon mitten drin im großen deutsch-deutschen Geschäft, da gibt es viel zu erzählen.

Dienstag, 12.12.89

Kurz nach vier drückt das Uwe-Bier, aber ich lege mich noch mal hin und wache prompt erst um sechs wieder auf. Heute kommt nicht die Zeitung, heute komme ich zu spät. So geht es auch unserer bescheidenen Unterhaltungselektronik: beachtliche Preissenkung, doch wer kauft jetzt noch ein DDR-Dampfradio.

Freitag, 15.12.89

Halb sechs, Nachrichten: Sacharow ist tot. Nach Wyssotzki, dem russischen Biermann, der mit seinen Liedern die Perestroika herbeigesungen hat, weilt nun auch ihr großer Vordenker nicht mehr unter uns. Aber Sacharow, der Unbeugsame, hat die Freiheit, hat den Triumph seines Kampfes wenigstens noch miterlebt.

Später die frohe Kunde: Auch andernorts übt das Volk den aufrechten Gang, von dem Stefan Heym am 4. November auf der großen Berliner Kundgebung sprach: Chile hat einen demokratisch gewählten Präsidenten.

Sonntag, 17.12.89

Abends bei der ARD: „Musikantenstadl" aus der Stadthalle in Cottbus. O Gott! Was haben wir nur mit uns machen lassen all die Jahre, dass uns die „normalste Sache der Welt" die Tränen in die Augen treibt. Ich dachte immer, nur ich bin so sentimental, aber Big-Harald (Juhnke) steht auch unter Wasser.

Der Knüller des späten Abends: talk open end von elf 99. Fast über Nacht haben wir ganz tolle Journalisten und wunderbar kluge Parteivorsitzende. Nadja ist so begeistert von Gregor Gysi, dass sie siebenmal sagt, ihn wählen zu wollen und mich einen Verräter schimpft, weil ich aus der SED ausgetreten bin.

Mitten in der Nacht die Horrormeldung: rumänische Demonstranten blutig zusammengeschossen. Doch die Zeit der Diktatoren ist überall vorbei. Auch das rumänische Volk wird bald frei sein.

Dienstag, 19.12.89

Am Anschlagbrett im Betrieb lese ich: Heute um 16.10 Uhr Versammlung der SED/PDS. Da werde ich mal hingehn.

Beim Einlass wird nicht mehr mit stalinistischem Totalitätsanspruch festgestellt wer fehlt, sondern etwas demokratischer in einer Anwesenheitsliste festgehalten wer da ist. Ich darf mich unter Gäste eintragen. Wie es aussieht, bin ich der einzige Gast.

Lutz berichtet vom Parteitag. Dann geht es darum, wie es weitergehen soll, im Betrieb, im Wohngebiet und überhaupt. Da macht sich eine gewisse Ratlosigkeit breit. Günter fragt nach den Austritten. Zwanzig Mitglieder haben die Partei verlassen, etwa ein Viertel der Grundorganisation. Als das bekannt ist, verabschiedet sich noch eine Genossin. Den meisten Elan haben noch die Jüngeren. Zwanzig vor sechs wird die Versammlung ohne das früher übliche Schlusswort des Sekretärs beendet. Der Worte sind genug gewechselt ...

Im Fernsehn großer Trubel: Berichte aus Dresden; die beiden deutschen Regierungschefs treffen sich. Vor dem Hotel Bellevue hält einer aus der Menge ein selbstgemaltes Plakat in die Höhe: Lieber Kohl als gar kein Gemüse! Der Kanzler wird gefeiert, vor allem, weil er für die Einheit eintritt.

In Berlin große Demo. Die Demolanten wollen von der deutschen Einheit nichts wissen, sie wollen weiterhin in der DDR leben. Also wollen sie weiterhin im Sozialismus leben, denn zwei kapitalistische deutsche Staaten gäbe es bestimmt nicht lange, da grübe der Stärkere dem Schwächeren doch bald das Wasser ab. Aber würde denn ein Sozialismus ohne Mauer überhaupt funktionieren?

Mittwoch, 20.12.89
Nach fünfzehn Wochen Anschauungsunterricht in Sachen sozialistisches Dienstleistungsunwesen bekomme ich endlich meinen Anorak zurück. Das gute Stück stammt aus Jugoslawien und ist grau. Auch alle Reißverschlüsse sind – beziehungsweise waren – grau. Den großen haben sie mir aus Versehen gewechselt, obwohl der völlig okay war. Den kaputten an der rechten Seitentasche haben sie nunmehr durch einen neuen ersetzt, aber der ist braun. Da hat der rex solimus soviel Grau hervorgebracht, aber zur rechten Zeit einen grauen Reißverschluss, das schafft er nicht. Jedoch: *Bei uns ist keiner unnütz; er kann immer noch als schlechtes Beispiel dienen.*

Donnerstag, 21.12.89

In Rumänien scheint sich ein gewaltiger Bürgerkrieg auszubreiten. Der große Conducător war im Iran. Ich dachte schon, er will sich absetzen, doch er ist in sein Land zurückgekehrt und verhöhnt sein geschundenes Volk. Armes Rumänien! Schaudernd denke ich: „Was wäre uns passiert, wenn nicht die beherzten Männer in Leipzig das deutsche Blutbad verhindert hätten!" Es war alles genauso vorbereitet, wie es jetzt in Rumänien abläuft. Doch bevor der Machtgreis Mielke die Panzer rollen lassen konnte, hatte das Volk ihm schon beigebracht, dass er uns alle liebt.

Freitag, 22.12.89

Zehn vor fünf: SAT 1 berichtet live von der Öffnung des Brandenburger Tores.

Gegen halb zwölf ruft Nadja an: Der blutige Zwerg wurde gestürzt und ist auf der Flucht. Der Staatsrat hat ihm nun endlich die beiden Karl-Marx-Orden aberkannt. Da hatte sich Karl Marx ja wohl auch im Grabe umgedreht.

Kurz vor drei im Fernsehen: Das Tor ist auf! Großer Bahnhof. Texteinblendung: Der Zwerg ist gefasst. Ich werde gleich einen saufen gehen.

Am Abend ausführliche Berichte aller Fernsehsender. Bei der Kundgebung zur Toröffnung ist viel Prominenz versammelt, vor allem aus dem Westen. Ich denke, jeder der Anwesenden hat das Recht, dabei zu sein. Aber einer fehlt, ein ganz wichtiger: Willy Brandt; für mich ist er dabei.

Dann wieder Rumänien. Ich bekenne nicht ohne Scham: Es gibt keine feigen Völker. Die rumänische Revolution ist die blutigste, aber auch die mutigste. Und ich dachte, die Rumänen seien zu feige, ihren Tyrannen zu stürzen.

Überall bricht sich die Freiheit Bahn. Aber Gorbi, durch den das alles erst möglich wurde, bleibt jetzt hinter sich selbst zurück. Dabei weiß er doch: Wer zu spät kommt, den bestraft das Leben. Auch die Völker der Sowjetunion wollen frei sein wie wir. Vor allem Litauer, Letten und Esten wollen das Joch der Stalin-Okupation abschütteln. Die

Kommunisten Litauens haben sich schon von der KPdSU getrennt, gegen allen Widerstand der alten Zentralisten. Wenn der große Gorbatschow jetzt nicht auch die Völker des Stalinschen Zarenreiches in die Freiheit entlässt, ist er verloren; und vielleicht nicht nur er.

Sonntag, 24.12.89

Ich bin jetzt fünfundfünfzig Jahre alt und erlebe Heiligabend zum ersten Mal in meinem Leben als freier Mensch. Gott – und allen, die ihm geholfen haben – sei Dank.

Dienstag, 26.12.89

Die Schurken kommen nicht immer davon. Das Fernsehn zeigt den großen Conducător: tot, erschossen; gerichtet von seinem Volk.

Samstag, 30.12.89

Morgen geht das aufregendste Jahr meines Lebens zu Ende; es hat uns die Freiheit gebracht. Was wird uns das neue Jahr bringen? – Jedenfalls keinen rex solimus, der ist tot, sang-und klanglos untergegangen. Doch genau genommen stimmt das nicht ganz: Sozialismus im Marxschen Sinn hat es noch gar nicht gegeben. Was da untergegangen ist, war der unreife, entstellte Stalin-Sozialismus. Solcherart solimus wird es nicht mehr geben. Den wahren Sozialismus aber, jenen, den das Volk wirklich will, den man ihm nicht einreden muss: wird es ihn geben? Kann, ja muss es ihn vielleicht sogar geben? – Die Frage werden viele als unwichtig abtun, doch sie könnte schon bald existentielle Bedeutung erlangen.

Sonntag, 31.12.89

Silvester. Nadja hat ihren berühmten georgischen Karpfen gemacht, der schmeckt ausgezeichnet. Nachbar Robert, der Koch, bringt Schaschlik und Kartoffelsalat mit, und Mischa und Kessi steuern auch noch was bei zu unserer Silvesterparty. Essen, trinken, quatschen, fernsehn: so verbringen wir die letzten Stunden des Jahres 1989, das in die Geschichte eingehen wird. Mit sowjetischem Sekt stoßen wir auf das neue Jahr an. Prosit Neujahr! Am Brandenburger Tor läuft ein tolles Fest.

Montag, 01.01.1990

Schlimme Nachricht am Vormittag: Bei der Fete am Brandenburger Tor sind junge Männer auf das Gerüst einer Videowand geklettert, um von dort auf das Tor zu gelangen. Das Gerüst ist zusammengebrochen. Mehrere Menschen wurden verletzt; es soll auch Tote gegeben haben. Ein böses Omen. Jetzt ist Besonnenheit gefragt, sonst könnte hier vielleicht mehr zusammenbrechen als ein Gerüst.

Mittwoch, 03.01.90

Nadja hat am 1. Januar Geburtstag; sie ist davon nicht grade begeistert. Den Schnuck (Sascha) hätt es auch fast erwischt, er feiert seinen Geburtstag heute. Elf Jahre alt ist er jetzt. Als ich elf war, ging der letzte große Krieg zu Ende und nahm den deutschen Nationalsozialismus mit ins Massengrab. Sascha erlebt im gleichen Alter, wie der kalte Krieg zu Ende geht und der Stalinismus zu Grabe getragen wird.

Donnerstag, 04.01.90

Ich bin in Dresden. Neujahrsgrüße West: Ein Tante-Emma-Laden bietet Büchsenbier an, drei Mark (Ost) die Büchse. Auch Schnittblumen gibt es hier und da.

Sonntag, 07.01.90

Am späten Abend Talk in SAT 1. Karl-Eduard ist eingeladen, er hat angenommen. Doch zunächst muss er warten bis de Maiziere abgefragt ist, da der mit Ede nicht in einem Talk auftreten will.

Als Sudel-Ede erscheint, wird er gnadenlos demontiert. Gewiss, er kommt kaum zu Wort, aber er kann sein „Kanal"-Wasser auch überhaupt nicht verlassen. Er scheint nichts begriffen zu haben, gibt nichts zu und kämpft ungebrochen weiter wie Don Quichotte. Der kurze Beitrag seiner Marta ist noch das Beste der Schnitzlers. Das Einzige, was mich an Sudel-Ede beeindruckt, ist seine Dickfelligkeit.

Dienstag, 09.01.90

Gestern Abend war in der berühmten demoli wieder allerhand Volk auf der Straße, besonders in Leipzig. Nachdem die Helden dort mit dem berühmt gewordenen Satz: **Wir sind das Volk!** die Freiheit herbei demonstriert haben, werden jetzt die Rufe nach der Einheit immer lauter. Da müssen wir aber wohl aufpassen, dass es uns bei einer schnellen Vereinigung oder gar Vereinnahmung am Ende nicht so geht wie dem Fischer un syner Fru.

Mittwoch, 10.01.90

„Brennpunkt" der ARD: Fritz Pleitgen fragt: „Bricht die Sowjetunion auseinander?" Ich antworte: „Ja." Die SU kann nur als Diktatur existieren. Gorbatschow hat gegen die Diktatur die Demokratie gestellt. Entweder wird es in Stalins Union keine Demokratie geben, oder es wird Demokratie, aber Stalins Union nicht mehr geben. Jedweder Mischmasch dazwischen wird nicht funktionieren.

Der Topbeitrag in der außerordentlich interessanten Sendung ist ein Interview des pfiffigen Klaus Bednarz mit der berüchtigten Politchemikerin Nina Andrejewa. Diese Frau ist ein wahrer Ausbund an stalinistischer Gesinnung. Gegen sie nehmen sich unsere verkalkten Parteifürsten fast wie moderne Demokraten aus.

Freitag, 12.01.90

Abends gegen zehn läuft im Dritten ein ganz toller Talk. Die Deutschen begegnen sich an dem runden Tisch, an dem das Potsdamer Abkommen ausgeheckt wurde. Lea Rush, Egon Bahr und Wolfgang Berghofer sind die Stars des

Abends. Berghofer steht als Vizechef der SED/PDS sozial-demokratischen Auffassungen erstaunlich nahe. Egon Bahr ist wie ich der Meinung, dass es Sozialismus noch gar nicht gegeben hat. Wenn es ihn geben sollte, wird soziale Demo-kratie sicherlich sein Hauptbestandteil sein. Für mich hat die SPD das bisher beste Gesellschaftskonzept, aber Kanz-ler Kohl wird das Rennen wohl machen; unsere Revolution wird ihm zum Wahlsieg verhelfen. Jedenfalls sah er nie so gut aus wie jetzt.

Sonntag, 14.01.90

Gedenktag für Rosa Luxemburg und Karl Liebknecht. Massenaufmarsch zur Gedenkstätte der Sozialisten in Friedrichsfelde, gleich bei mir um die Ecke. Bisher war das immer eine straff durchorganisierte Fürstenhuldigung; Karl und Rosa waren dabei fast vergessen. Jedes Betriebskollek-tiv, nicht etwa nur jede SED-Parteigruppe, hatte zwanzig Prozent seiner Mitglieder zu stellen. Die Politaristokratie betrachtete das Volk durchaus als ihr Eigentum. Der selbst organisierte Politikzustimmungsrummel wurde dann stun-denlang live im Fernsehen übertragen.

Ich will auch heute mal hingehen, obwohl mich jetzt nie-mand mehr dazu drängelt. Zunächst muss ich aber „Das klingende Sonntagsrätsel" des RIAS lösen. Wenn ich mich nicht irre, heißt das Lösungswort heute Quadriga. Dann hab ich noch Saschas Schularbeiten zu kontrollieren, so ist es schon fast zwölf, als ich losgehe.

Um neun soll die Veranstaltung begonnen haben. Etliche Menschen kommen mir entgegen. Zumindest um zwölf sind nur etwa zehn Prozent der Menge von früher unter-wegs. Hier und da ein selbstgemaltes Plakat, nichts „staat-lich" vorbereitet. Ab und an eine DDR-Fahne, aber von den vielen roten Fahnen der vergangenen Jahre sehe ich heute nur eine einzige. SED-Abzeichen kann ich an den jetzt wohl nach Hause eilenden Leuten nicht entdecken. An der Gedenkstätte steht eine klitzekleine Tribüne; vielleicht hat jemand zu den Anwesenden gesprochen. Vier Polizisten sehe ich, einige Ordner und auch ein paar unauffällige Männer in Zivil. Am Gedenkstein stehen noch etwa hundert Menschen. Um den Stein herum liegen viele Blumensträuße und Kränze; dazwischen stehen brennende Kerzen, die gab es hier noch nie. Offensichtlich kann das Volk auch ohne Organweisung aus irgendeinem Politbüro ganz gut mit seiner Geschichte umgehen. Auf einem Stoffplakat steht: „CDU und SED/PDS gemeinsam. Trotz alledem!" Na, wolln mal sehn.

Am Nachmittag fahr ich zum Alex, da soll eine SPD-Kundgebung stattfinden. Der Platz ist voll, so an die dreißigtausend Menschen. Die Leute von der SPD sind zwar keine glänzenden Rhetoriker, aber doch allemal besser als die Schreihälse von der SED. Was sie sagen, würde ich alles unterschreiben. Und über Rosa Luxemburg verbreiten sie in einem Satz mehr Wahrheit als die Stalinisten in all ihren Reden zuvor.

Nach einer halben Stunde versuchen etwa zwanzig Jugendliche die Kundgebung zu stören. Sie laufen um uns herum, schwenken rote und DDR-Fahnen und lärmen mit einer Trommel. Doch sie werden ausgepfiffen. Hier und da ruft auch jemand: „Stasi raus!"

Als Vertreter der Alt-SPD spricht Walter Momper. Danach stimmen zwei junge Männer das alte Arbeiterlied „Wann wir schreiten Seit an Seit" an, aber die Masse singt kaum mit; kein Wunder, wir können ja nicht mal unsere Hymne singen.

Anschließend marschieren wir zur Gedenkstätte der Märzgefallenen von 1848 im Friedrichshain; von deren Existenz hatte ich bisher keine Ahnung.

An dem Platz, der seinen Namen trägt, blickt der steinerne Lenin sehr ernst und etwas von oben auf unseren Zug herab. Was würde der große Revolutionär wohl sagen zu seiner Niederlage?

Montag, 15.01.90

„Der Sozialismus siegt!" Die Losung war verordnete

Staatsmeinung und stand in Dresden jahrelang in riesiger Leuchtschrift an einem Hochhaus. Hinterm Kaukasus schlagen sich die Sozialisten die Köpfe ein, und in Berlin – Hauptstadt der Deutschen Demokratischen Republik – wird die sozialistische Stasi-Zentrale gestürmt. „Der Sozialismus *siecht*!" Also hatten die Dresdner mit ihrer sprachlich originellen Deutung der Losung doch recht.

Samstag, 20.01.90

Krisensitzung bei der SED/PDS. An der Basis wird die Auflösung der Partei gefordert, doch der Vorstand beschließt mehrheitlich: weitermachen. Gregor Gysi meint nämlich, seine PDS sei hier die einzige politische Kraft, die die Eigenständigkeit der DDR erhalten könne. Außerdem schmeißt der Vorstand die gesamte alte Politbürokratie – auch EK – aus der Partei raus und rehabilitiert die früher gemaßregelten Genossen. Alles gut und schön, aber es wäre sicherlich ehrlicher gewesen, wenn die SED sich aufgelöst hätte.

Sonntag, 21.01.90

Spitzenmeldung des Abends: Oberbürgermeister Berghofer mit weiteren neununddreißig Genossen aus der SED/PDS ausgetreten. Wenn das Schule macht, gibt es die Partei zur Wahl am 6. Mai vielleicht gar nicht mehr. Dann hätte sich das Problem SED auch erledigt.

Montag, 22.01.90

Radio DDR überträgt live vom „Runden Tisch". Damit ist nicht Harry Tisch, der geschasste FDGB-Chef, gemeint, sondern eine Gesprächsrunde mehr oder minder bekannter Wendepolitiker. Die Regierung beteiligt sich an der Diskussion. Ziemlich interessant das alles und sehr demokratisch.

Später werden EK und Wolfgang Herger zu Sicherheitsproblemen befragt, das heißt, man möchte von den Exverantwortlichen wissen, was denn da alles so gelaufen ist bei „Horch und Guck". Doch die beiden wissen das angeblich auch nicht ganz genau. Da bin ich besser dran. Kaum hab ich meine Kaufhalle betreten, weiß ich, dass es kein großes Berliner gibt.

Mittwoch, 24.01.90

Mit meiner Kaufhalle geht es rapide abwärts. Wenn das der allgemeine Trend im Lande ist, kann die Russenruine DDR im Herbst ohne weitere Umstände von den Bundis vereinnahmt werden. Das im Hinterkopf, treten jetzt viele Altkonservative von drüben als wahre Einheitsengel auf. Aber da werden andere auch noch ein Wörtchen mitreden wollen.

Sonntag, 28.01.90

Spät am Abend liest Käthe Reichel in unserem Ersten Havemann. Unbeschreiblich. Robert Havemann, der deutsche Sacharow, hat die Revolution vorausgesagt. Aber davon durften wir nichts erfahren. Die Politverbrecher haben ihn quasi im Grünheider Hausarrest sterben lassen. Wir haben von seiner Verfolgung gewusst und uns trotzdem an die Scheinwahlurnen der Nationalen Front gängeln lassen. Wir haben sogar mehr als das gewusst und sind dennoch zu den Jubelfesten der Fürsten gelaufen. Und wir haben immer noch nicht nach Freiheit gerufen, als Mutigere für ihre Freiheitsrufe schon mit dem Stasiknüppel geprügelt wurden. So waren wir am Ende weder klüger noch mutiger als unsere Väter und Großväter, die hinter dem Braunen her ins Verderben gelaufen sind. Das ist unser Teil der Schuld; wir werden damit leben müssen.

Spätnachrichten: Regierungsumbildung. Wahl der Volkskammer schon am 18. März, am 6. Mai stattdessen Kommunalwahlen. Gute Macht, Freunde.

Samstag, 03.02.90

Ich hab die Rüsselseuche und bin krank geschrieben. In meiner Aktentasche liegt ein Brief an das „ND":

Sehr geehrtes, fast „Neues Deutschland"!

Wenn Du auch bisher kein einziges Wort von mir gedruckt hast, bin ich wiederum dabei, Dir meine unmaßgebliche Meinung mitzuteilen. Heute bewegen mich

Gedanken zu Deutschland

Wie wird es aussehen, das Deutschland der Zukunft? Natürlich kann die Frage heute niemand beantworten. Aber wie sollte es denn aussehen? Weiterhin eine Nation in zwei selbständigen Staaten, vielleicht in einer Konföderation, oder doch wieder in einem Staat? Ich meine, die Deutschen haben wie jedes andere Volk das Recht, in einem Staat zu leben, wenn sie es denn wollen. Ob sie es wollen, muss auf demokratische, und nicht nur auf Demo-Weise festgestellt werden. Ich habe aber nicht den geringsten Zweifel, dass die Deutschen im Osten wie im Westen sich mit großer Mehrheit für die Vereinigung der beiden deutschen Staaten entscheiden werden. Warum denn auch nicht, wenn zum Beispiel in der Sowjetunion dutzendweise Völker, Völkchen und nationale Minderheiten, selbst unterschiedlicher Kulturkreise, in einem einzigen Staat leben. Es ließen sich auch andere Beispiele anführen.

Wenn das Ob geklärt ist, geht es natürlich um das Wie. Es gibt verschiedene Vorstellungen, meine decken sich weitgehend mit denen der SPD:

- vereinigter deutscher Staat in den Außengrenzen der BRD und der DDR
- keine Gebietsforderungen des neuen deutschen Staates an andere Staaten
- Abzug aller ausländischen Truppen und Waffen von deutschem Territorium
- Abrüstung der eigenen Streitkräfte bis auf Mindestverteidigungsstärke
- Austritt der BRD aus der NATO und der DDR aus dem Warschauer Pakt mit Ausrufung des neuen deutschen Staates

- Friedensvertrag des vereinten Deutschlands mit allen ehemaligen Kriegsgegnern des ehemaligen Deutschen Reiches
- Mitgliedschaft in UNO und EG
- Unterstützung der Politik des vereinten Europas
- Staatsform: Bundesrepublik der historischen deutschen Länder und freien Städte
- Staatsname: Deutschland, Staatsflagge: Schwarz-Rot-Gold ohne Emblem, Hauptstadt: Berlin
- Wirtschaftsform: Öko-soziale Marktwirtschaft

In einem solchen Staat würde ich leben wollen. Wenn die beiden deutschen Regierungen ihn ehrlich anstreben, wäre das Zusammenwachsen, von dem Willy Brandt und Richard von Weizsäcker sprechen, wohl auch möglich. Gegen ein solches Deutschland dürften andere Länder auf die Dauer nichts einzuwenden haben.

Sozialismus gäbe es in Deutschland dann allerdings nicht mehr, auch keinen demokratischen; es gäbe bestenfalls einen sozialdemokratischen Kapitalismus. So gesehen ist der Widerstand der SED/PDS, oder künftig nur noch PDS, schon verständlich: Soll der Sozialismus auf deutschem Boden erhalten, oder richtiger, geschaffen werden, wäre dafür der Fortbestand der DDR als selbständiger Staat eine wichtige Voraussetzung. Bei freien Wahlen wird aber ein solches Konzept nirgendwo eine Mehrheit finden. Das Beste für die kleinen Leute, ganz besonders aber für uns Ostdeutsche, wäre ein Wahlsieg der SPD.

Und wann könnte es soweit sein mit dem neuen Deutschland? Zehn Jahre würden wohl ins Land gehen. Aber zu Silvester 1999 dürften wir vielleicht auf unser einig Vaterland anstoßen und zur Olympiade in Berlin *eine* deutsche Mannschaft feiern. In diesem Sinne: Prosit Deutschland! Es möge nützen. Den Deutschen, Europa und der Welt.

Der Zeitung brauche ich das aber nicht mehr zu schicken, die Dinge entwickeln sich schneller, als ich schreiben kann. Hans Modrow, unser Hans im Glück, kommt ganz geschickt mit einem Einheitsvorschlag aus Moskau zurück und wird damit sicherlich auch seine SED/PDS bekehren.

Modrow kann sich ein vereites Deutschland auch nur militärisch neutral vorstellen. Da ist aber sofort Stimmung im Laden, kaum dass er es ausgesprochen hat. Die heilige Kuh NATO will von schwarzbraun bis rosarot keiner schlachten. Doch als Mitglied der NATO wird es ein vereintes Deutschland nicht geben, so dumm sind die Russen nun wieder nicht.

Außerdem: Wozu brauchen die Europäer, wenn sie in West und Ost das Gemeinsame Haus Europa erbauen wollen, den Weltgendarm USA in diesem Haus? Nein, meine Herren Atlantikdemokraten: Die Revolution in der DDR und in den anderen Ostblockstaaten hat nicht stattgefunden, um Väterchen Stalin gegen Uncle Sam einzutauschen. Es reicht uns, wenn wir die Großen dieser Welt aus der Entfernung bewundern können.

Montag, 05.02.90

Moskau, ZK-Tagung; Gorbi scheint die Kurve zu kriegen in Sachen stalinistische Führungsrolle. Einige zehntausend Demonstranten mit dem Genossen Jelzin an der Spitze helfen ihm dabei.

Dienstag, 06.02.90

Ab nächsten Montag muss ich wieder arbeiten gehen. Bei Doktors ist allerhand los. Die Grippe geht um. Den Schnuck (Sascha) hat sie mächtig am Wickel: fast 40 Grad Fieber. Nadja liegt auch flach. Mit der berühmten demoli sieht es nicht besser aus: sie siecht dahin. Die Einheit rückt näher. Bei den meisten Deutschen wird sie willkommen sein. Kommt sie aber zu schnell, könnte es für manchen ein böses Erwachen geben.

Die vermeintlichen und die wirklichen Großmächte lassen zunehmend Vorbehalte gegen eine Vereinigung der beiden deutschen Staaten erkennen. Wenn diese sogenannten Großmächte in Korea, Algerien, Vietnam, Ungarn, der

Tschechoslowakei, Grenada, Afghanistan, Panama, Nordirland und weiß der Teufel wo noch vorstellig werden, sind das natürlich alles ganz uneigennützige Wohltätigkeitsveranstaltungen. Die Deutschen denken bloß darüber nach, wie sie wieder als eine Nation in einem Staat leben können – das ist bereits finsterster Revanchismus. Nur weiter so, ihr Großmachtdemokraten, dann wird es in Deutschland sehr bald den furchtbarsten Nationalismus geben. Und vielleicht ist dann eines Tages in Europa weder ein gemeinsames noch überhaupt ein Haus zu finden.

Mittwoch, 07.02.90

In der Zeitung großes Palaver von Außenminister Schewardnadse. Die deutschen Einheitsbestrebungen seien revanchistische Rachegelüste, soll der große Georgier gesagt haben. Solche Erklärungen werden die Einheit nicht verhindern, sondern eher befördern, nur eben nicht auf die gewünschte Weise. Bei dem Format des Mannes mag ich gar nicht glauben, dass das wirklich seine Meinung ist.

Gorbi ist da pfiffiger. Er will nicht zu spät kommen und lässt von seinen Alt-, Neu-und Nichtstalinisten den Führungsanspruch der KPdSU in der Verfassung aufheben. Jelzin ist dagegen, weil er noch irgendwie weitergehende Forderungen hat.

Donnerstag, 08.02.90

Als ich am späten Vormittag aufstehe, meldet der RIAS: „Stimme der DDR" heißt wieder wie früher Deutschlandsender. Volle Zustimmung. Auch Karl-Marx-Stadt soll bald wieder Chemnitz heißen.

Freitag, 09.02.90

In unserm Zweiten läuft am späten Abend Schatrow: „Weiter, weiter, weiter ..." Sehr beeindruckend. Schatrow zieht Stalin die Hosen aus. 1961 hat er das schon geschrieben. Unter Breshnew durften seine kritischen Lenin-Stücke nicht aufgeführt werden. Dabei ist gerade Schatrow legitimiert, Stalins Gewaltherrschaft anzuprangern. Ein berühmter Vorfahre von ihm, der zu Lenins engsten Kampfgefährten gehörte, wurde während der Stalinschen Säuberungsaktionen hingerichtet.

Samstag, 10.02.90
Mindestens in Deutschland beherrscht seit Tagen oder gar Wochen ein Thema die Medien: Deutschland. Aber am Nachmittag die Meldung des Jahres: **Morgen wird der große Nelson Mandela frei sein**. Glück auf den Weg, Bruder. Südafrika – jedenfalls soweit es schwarz ist – jubelt und tanzt.

ARD-Brennpunkt: Kohl und Genscher in Moskau. Irgendein Durchbruch in Sachen deutsche Einheit. Nischt Jenauet weeß man nich. Später kommt es doch noch: Gorbi hätte der Auffassung zugestimmt, die Einheit der Deutschen sei allein Sache der Deutschen. Eigentlich logisch, aber dennoch ziemlich beachtlich.

Sonntag, 11.02.90

Mandela ist frei.

Dienstag, 13.02.90
Unser Hans im Glück fliegt heute mit großem Tross nach Bonn am Rhein. Glück wird er nötig haben, denn der Bonn-Besuch könnte für ihn auch ein R(h)einfall werden.

Abends gegen sechs fahre ich an der Sparkasse in der Köpenicker Bahnhofstraße vorbei. Da steht eine riesige Schlange, alle wollen ihr Geld abheben.

Die DDR-Marie hat bei der reichen Bundesfrau Holle die „Betten aufgeschüttelt". Wie wird sie nun zurückkommen, als Gold-oder als Pechmarie?

Mittwoch, 14.02.90

Das „Bettenaufschütteln" in Bonn hat einen märchenhaften Erfolg: es schneit. Aber nicht etwa Gold auf die DDR-Marie, sondern nur ganz gewöhnlichen Schnee auf die DDR. Das hat wie jeden Winter die bekannten katastrophalen Folgen.

Reisekader Genscher stört weder der Schnee von heute noch der von gestern. Sein Reiseziel ist Deutschland, das vereinigte. In Kanada muss er wieder mächtig geackert haben. Die Kanadier scheinen mit der deutschen Einheit einverstanden zu sein. Jedenfalls ist der Außenminister ganz zuversichtlich.

Freitag, 16.02.90

Heute schicke ich der „Jungen Welt" mein DDR-Abschiedslied, zu singen nach der alten Bergmannsmelodie: „Glück auf, Glück auf ..."

Ade! DDR

Michel, wach auf!
Die D-Mark kömmt!
Und dann steigt deine Miete in die Bundeshöh.
Und dann steigt deine Miete in die Bundeshöh.
Und du bist blank.
Und du bist blank.

Michel, pass auf!
Der Banker kömmt!
Und dann gehst du stempeln auf dein Arbeitsamt.
Und dann gehst du stempeln auf dein Arbeitsamt.
Das macht dich krank.
Das macht dich krank.

Michel, steh auf!
Die Einheit kömmt!
Und dann hast du ein anderes Land über Nacht.

Und dann hast du ein anderes Land über Nacht.
Hoch einig Vaterland!
Hoch Heimatland!

Montag, 19.02.90

Berlin im Nebel, „ND" in neuer Aufmachung, das sind die Neuigkeiten des Morgens. Haben die „ND"-Macher ein schlechtes Gewissen, oder arbeiten dort jetzt lauter neue Leute? Jedenfalls gibt sich die Truppe nunmehr jede Menge Mühe.

Nach Feierabend erleben wir eine Rechenschaftslegung unseres gewendeten SED-Direktors. Gar nicht schlecht; ein bisschen von einem Unternehmer hat er schon. Außerdem darf jetzt auch die Leitung wissen, was wir schon immer wussten: Mit sozialistischen Drohnen kann man keinen kapitalistischen Honig einfahren. Die ersten Entlassungen stehen ins Haus.

Mittwoch, 21.02.90

Ich bin in der Stadt des guten Biers: Radeberg bei Dresden. Der Tag ist freundlich. Auf dem Markt verteilt die DDR-CSU aus einem VW-Bus allerlei Wahlpropaganda. Plakate, Broschüren, Werbeschnickschnack; clever gemacht. Da sind wahrscheinlich Profis vom bajuwarischen Ziehvater am Werk. Mich beeindruckt das aber nicht weiter, ich wähle sowieso SPD.

Die ARD berichtet vom Zerfall der Sowjetunion – schrecklich. Aber natürlich lässt sich Stalins Annexionspolitik nicht mit Gorbis Selbstbestimmungsrecht der Völker vereinbaren. Jetzt wird sichtbar, dass mindestens einige Völker dem Sowjetparadies Lenins und Stalins nicht freiwillig angehören.

Donnerstag, 22.02.90

Auch in der Bierstube hat sich die Begeisterung über unsere Oktoberrevolution gelegt; das Gespenst der Arbeitslosigkeit sitzt mit an jedem Tisch. Aber unsere Übergangsregierung tröstet uns: Wir bekommen zwei Tage mehr Urlaub.

Sonntag, 25.02.90

SPD und SED/PDS haben Parteitage einberufen. Die Chancen der PDS – auf die Bezeichnung SED will meine Expartei künftig verzichten – stehen doch besser, als ich dachte; sie wird sich wohl behaupten können in ihrer neuen politischen Umwelt. Nach langem Zögern hat sich der wackere Hans Modrow bereiterklärt, am 18. März für die PDS als Spitzenkandidat anzutreten. Das wird den demokratischen Sozialisten viele Stimmen retten, wenn auch niemand so recht weiß, wie ihr Demokralismus eigentlich aussehen soll. Ich hoffe natürlich inständig, dass die SPD die Wahl gewinnt.

In Litauen hat Sajudis bei der Parlamentswahl die absolute Mehrheit gewonnen. Jetzt sitzt Gorbi in der Zwickmühle: Tritt Litauen aus der Sojus aus – und das scheint mir sicher zu sein – kann er nur wie damals Väterchen Stalin in Litauen einmarschieren, oder die Union besteht in kurzer Zeit nur noch aus der RSFSR. Wenn er aber einmarschiert, ist seine Politik des neuen Denkens im Eimer. Mal sehn, ob dem großen Gorbi da noch was einfällt.

Montag, 26.02.90

„Mein Arbeitsplatz – mein Kampfplatz für den Frieden." Das ist ja nun etwas anders geworden. Erstens wird am Arbeitsplatz nicht mehr gekämpft, sondern gearbeitet, und zweitens werden die Kampfplätze beseitigt. Wir sollen eine neue Struktur bekommen und bei der Gelegenheit werden gleich die ersten überflüssigen Friedenskämpfer nach Hause geschickt. Auch Freistellungen von der Arbeit für gesellschaftliche Tätigkeit aller Art gibt es nicht mehr. Die „Perestroika" wird natürlich von unseren früheren Genossen Leitern inszeniert. Vielleicht machen die Herren Wendehalsdirektoren jetzt wirklich Kommunisten aus uns, zumal unsere krampferprobte altsozialistische Gewerkschaft noch im tiefsten Winterschlaf liegt. Den beendet nicht mal ein bombiges Wintergewitter mit einer ziemlich steifen Brise.

Nach dieser Wetterkatastrophe wird sich die allgemeine Lage der berühmten demoli wohl weiter verschlechtern. Früher wurden jedenfalls immer meteorologische Phänomene für unsere häufig misslungenen Erfolge verantwortlich gemacht. Ein armes Land leidet eben unter jedem Wetter, denn die vier Hauptfeinde des Sozialismus sind: Frühling, Sommer, Herbst und Winter.

Dienstag, 27.02.90

Ich fahr mal an der großen Lichtenberger Kaufhalle vorbei, dort soll Kaiser's aus Westberlin eingezogen sein. Das scheint zu stimmen, denn vor der Halle steht eine dicke, fast hundert Meter lange Schlange, so an die fünfhundert Seelen.

Kaiser's Kaffeegeschäft kenne ich noch aus meiner Kindheit. Im Ostseebad Ahlbeck auf der Insel Usedom gab es ein solches Geschäft, vielleicht bis zum Ende des zweiten Weltkriegs. Dort hat meine Großmutter uns Kindern immer Butterlinsen gekauft. Später, im Konsum, gab's die Butterlinsen nicht mehr.

In meine Halle brauche ich nur noch zu gehen, um die leeren Flaschen abzugeben, ansonsten läuft da nicht mehr viel. Allerdings gibt es spanische Tomaten, siebzehn Mark das Kilo.

Mittwoch, 28.02.90

Das neue Jahr fängt genauso ungewöhnlich an, wie das alte aufgehört hat. Die steife Brise vom Montag hat sich zu einem handfesten Sturm aufgeblasen. Seit mindestens einer Woche sind die Stare da und die Hecken werden grün. Das hab ich im Februar noch nie erlebt.

Bei der Staatsbank erwerbe ich für sechshundert Mark der Deutschen Demokratischen Republik zweihundert D-Mark der Bundesrepublik Deutschland. Beide, DDR und

BRD, sind Erben von Marx, heißt es in einem Witz, nur hat die BRD das Kapital und die DDR das Manifest geerbt.

Apropos Marx: Hat sich der „größte Sohn" geirrt? Sicherlich haben Marx und Engels mit ihrem berühmten „Manifest der Kommunistischen Partei" für viele Proletarier vergangener Jahrzehnte eine große Hoffnung in die Welt gebracht, aber was ist davon übriggeblieben?

Seit der Zeit von Marx und Engels hat sich natürlich einiges geändert. Der heutige Kapitalismus ist fast überall leistungsstark, innovativ, anpassungsfähig und mehr oder minder sozial; das heutige Proletariat ist nicht revolutionär im Marxschen Sinn. Der Prolet des modernen Kapitalismus hat miterlebt, wie der Frühsozialismus in die Welt kam, real existierte und nun von den betroffenen Völkern mangels Erfolg verabschiedet wird. Da bleibt der Drang nach Beseitigung der Ausbeuterordnung, die der Kapitalismus ja nach wie vor ist, doch eher bescheiden.

Revolutionär ist am ehesten noch die dritte Welt. Aber dort hat eben der Arbeiter auch nicht viel mehr „zu verlieren als seine Ketten". Sein Kollege in Frankreich, Schweden oder der BRD hat einiges zu verlieren und empfindet seine „Ketten" nicht gar so unerträglich. Und von der Welt, die es zu gewinnen gilt, hat er bestimmt mehr „gewonnen" als die gesamte von Lenin und Stalin befreite Arbeiterklasse. Wie es scheint, ist das Kommunismusgespenst zur Arbeiterscheuche verkommen. Wer oder was ist schuld daran?

Marx und Engels sind im „Manifest" noch der Ansicht, dass die bevorstehende bürgerliche Revolution in Deutschland „nur das unmittelbare Vorspiel einer proletarischen Revolution sein kann". Später waren sie aber wohl der Meinung, dass die „Arbeiterrevolution" nur dann auf Dauer siegen wird, wenn sie gleichzeitig in den am weitesten entwickelten kapitalistischen (damals westeuropäischen) Ländern stattfindet.

Über diese wohldurchdachte These hat Lenin sich 1917 leichtfertig hinweggesetzt. Von Stalin wurde er dafür sogar gefeiert. Lenin, hieß es, hätte die Lehre von Marx weiterentwickelt. Er hätte – im Gegensatz zu Marx – nachgewiesen, dass der Sozialismus auch in einem Land errichtet werden könne. Wir haben die Verwirklichung der „Weiterentwicklung" miterlebt. Die Dialektik lässt sich nicht verbiegen. Und manchmal bestraft das Leben auch den, der zu früh kommt.

Lenin war sich zwar darüber im klaren, dass letzten Endes die höhere Arbeitsproduktivität über Sieg und Niederlage entscheiden wird, aber ernst zu nehmende sozialistische Triebkräfte für den erforderlichen Produktivitätszuwachs hat er in all seinen exzellenten Büchern nicht nennen können. Die Dachdecker-und-Frisör-„Wissenschaftler", die nach ihm kamen, haben zu dem Thema ohnehin nur Stuss abgelesen.

Stalins GULag-Sozialismus ist eine menschenfeindliche Verballhornung der Marxschen Idee vom Kommunismus. Der Stalinismus verbietet sich für jede künftige Sozialismuserörterung von selbst. Lenin wollte den Marxismus in die Tat umsetzen, aber seine tollkühne Oktoberrevolution hat nicht den Sozialismus, sondern den Stalinismus hervorgebracht. Der Leninismus wird für eine künftige Sozialismusgestaltung weitgehend unbrauchbar sein. Und der Marxismus, wird er Bestand haben? Schwer zu sagen, aber es lohnt sich wahrscheinlich, darüber nachzudenken, denn der Kapitalismus wird ja nicht allein schon dadurch besser, dass der Lenin-Stalin-Sozialismus gescheitert ist.

Freitag, 02.03.90

Heute ist die Schlange vor der Lichtenberger Kaiser's-Halle schon etwas kürzer, aber immer noch viel zu lang. Bei Mutter Witt bekomme ich geräucherten Heilbutt. Der liegt auf dem Ladentisch, das hab ich seit Jahren nicht mehr erlebt. Bisher hat sie mir ab und an mal heimlich ein Stück Heilbutt zugesteckt; da tut sich was.

Mittwoch, 07.03.90

Ich fahre mit dem Bus nach Wiesa im Erzgebirge. Hier

und da hängen in den Stubenfenstern schwarzrotgoldene Fahnen, alle ohne DDR-Wappen, aber eine mit dem Bundesadler. Mancherorts ist auch die weißgrüne Sachsenfahne zu sehen.

In Wiesa am Bahnhof klebt etwas verloren ein Wahlplakat der SPD, sonst sind überall nur Plakate von der Allianz zu sehen und viele Kohlbilder. Seltsamerweise ist die Tendenz für die SPD fallend und für die Allianz steigend, allerdings auch für die PDS. Da wird wohl aus dem Wahlsieg der SPD nichts werden.

Donnerstag, 08.03.90

Die Schlangen an den Zeitungsständen sind länger als die Bananenschlangen; vor allem nach den vielen Westblättern stehen die Leute an. Die Tageszeitungen aus der BRD werden zum Kurs von 1:1 bis 1:2 verkauft. Lesen kann man die vielen Seiten natürlich nicht.

Jetzt wird wahrscheinlich manches Blättchen von uns mit der demoli ins Grab sinken.

Meine Stimmung ist nicht berauschend. Mir scheint, bei vielen, die mitdenken, ist die unbeschreibliche Freiheitsfreude in Wehmut und Katzenjammer umgeschlagen. Wir werden wohl bald die Einheit, eine Million Arbeits- und jede Menge Obdachlose haben. Aber natürlich gibt es zur Einheit keine vernünftige Alternative.

Samstag, 10.03.90

Gestern ist Besuch aus Prag gekommen. Wir frühstücken mit unseren Gästen und fahren dann gemeinsam zum Brandenburger Tor. Da stehen auf beiden Seiten des Wahrzeichens der Stadt Hunderte, vielleicht auch Tausende Vietnamesen und rufen sich pausenlos irgend etwas zu. Die aus dem Osten wollen offensichtlich nach drüben, aber man lässt sie nicht. Von drüben kommt keiner der Vietnamesen rüber zu uns. Ein schwergewichtiger Ostzöllner fischt aus dem nicht versiegenden Menschenstrom, der sich Leib an Leib holpernd und stolpernd in den Westen wälzt, immer wieder die kleinen schwarzhaarigen Männer und Frauen heraus und schiebt den widerspenstigen Zwergenhaufen in das „demokratische" Berlin zurück.

Als damals die Amis Vietnam in die Steinzeit zurückbombten, habe ich für den Freiheitskampf des vietnamesischen Volkes Geld gespendet. Was soll ich jetzt tun, damit die Vietnamesen, die seit Jahren hier leben, an meiner Freiheit teilhaben können? Zunächst kehre ich vergnatzt um, denn unsere Freunde aus Prag dürfen Westberlin auch nicht betreten. Dabei wollten sie doch nur eine Nase voll Freiheit schnuppern im freien Westen, aber so frei ist die Freiheit nun wieder nicht.

Sonntag, 11.03.90

Die Litauer haben von Stalins Völkerfamilie die Schnauze voll und sind aus der Sowjetunion ausgetreten.

Dienstag, 13.03.90

Heute hab ich in Dresden zu tun. Bekannte West- und neue Ostzeitungen schießen hier wie Pilze aus dem Boden. Im Zentrum werden auch auf der Straße Westzeitungen verkauft, zum Beispiel für 1,50 Mark die Hamburger Morgenpost.

Im Wahlkampf beherrscht die Allianz das Stadtbild; vor allem sieht man Plakate der Union. Von Kultur ist bei den Plakatschlachten nichts zu spüren. Die Kontrahenten „vernichten" sich lieber, bevor sie sich gesagt haben, was sie eigentlich wollen. Eine ähnlich primitive Auseinandersetzung findet mit der Sprühdose statt. Jeder nur erreichbare freie Fleck ist vollgeschmiert. Manche „Verkündung" ist durchaus originell, aber ich finde die ganze Sprüherei zum Kotzen.

Am Dresdner Schloss wird eifrig gebaut. Sicherung der Bausubstanz; soll wohl heißen: außenrum alles instandsetzen. Das Kronentor vom Zwinger nebenan hat ein neues Dach aus Kupfer und Gold. So ein strahlendes, leuchtendes Gold hab ich noch nie gesehen.

Abends statte ich dem Dresdner Hof einen Besuch ab. Das neuste Hotel der Stadt ist der perfekte Bau. Absolute Klasse. Hier wimmelt es natürlich nur so von Wessis. Tolle Gastronomie, nicht gerade billig, aber restlos entzückend.

Mittwoch, 14.03.90

Auf der Alaunstraße verkauft ein privater Gemüsehändler Erdbeeren, Paprikaschoten und allerlei Exotenobst für D-Mark. Auch Uhren und Schmuck aus dem NSW (Nichtsozialistisches Wirtschaftsgebiet) kann man für harte Währung kaufen. Im volkseigenen Markantladen sieht es nicht so gut aus. Ich suche einen 0,5-lines-Einsatz, aber der ist nicht vorrätig.

Die Straße der Befreiung zwischen Goldenem Reiter und Platz der Einheit macht ihrem Namen jetzt alle Ehre, nachdem uns die Sowjetunion nicht nur vom Nationalsozialismus sondern dank Gorbi auch vom Stalinismus befreit hat. Doch von der Freiheit der Litauer will Gorbi nichts wissen. Die werden ihm aber wahrscheinlich bald klar machen, dass Demokratie ohne Freiheit nicht lebensfähig ist. Und Demokratie will er doch, oder?

Donnerstag, 15.03.90

Michail Gorbatschow wird der erste (und vielleicht auch der letzte) Präsident der untergehenden Sowjetunion. Aus Anlass dieses beachtlichen Ereignisses gibt es in meiner Halle großes Berliner. Das Kaviarbrot ist aber schon alle, und gerade das hätte so gut zu der wenigstens in Deutschland gebotenen Feier gepasst.

Freitag, 16.03.90

Sechzehn Uhr, „Stimme der DDR", Meldung des Tages: Den Trabi kann man als Limousine und auch als Kombi sofort – noch mal: sofort – kaufen. Keine zwölf, keine sechs, keine drei Jahre Wartezeit, nein, überhaupt keine Wartezeit mehr. Bei Selbstabholung in Zwickau Preisnachlass. Unglaublich! Der Autoschwarzmarkt in der berühmten demoli ist völlig zusammengebrochen. O Gott! Was hat die Revolution nur aus unserem rex solimus gemacht. Hier stimmt nichts mehr. Selbst die Schneider hängen jetzt Schilder raus: Fertige für Sie kurzfristig ... Es ist nicht auszuhalten. Dieser arme, erniedrigte, beschissene Kunde „Haben Sie" wird wieder König wie in alten Zeiten. Ja, die Revolution und der Klassenfeind haben einiges bei uns in Bewegung gebracht.

Gorbi, der Präsident, macht ernst. Er stellt den Litauern ein Ultimatum. Drei Tage haben sie Zeit, ihren Austritt aus der Sojus zurückzunehmen. Das ist natürlich politischer Schwachsinn. Der Präsident wird nach drei Tagen seine Meinung ändern, oder er wird nicht mehr lange Präsident sein.

Sonntag, 18.03.90

Sonntag, Sonnentag – Wahltag. Um sieben wache ich auf, vor Aufregung? Über der 11. Oberschule, in der sich unser Wahllokal befindet, steht eine große helle Sonne, deren Strahlen an mein Fenster prallen, als wollten sie sagen: „Raus aus den Federn! Heute darfst du wirklich wählen."

Gegen zwölf gehe ich mit Sascha rüber ins Wahllokal. Er soll später seinen Kindern erzählen, dass er dabei war, als die Vertreter des Volkes wieder frei gewählt werden durften. Vor mir stehen ein paar Leute, aber ich muss nicht lange warten. Sascha darf mich in die Wahlkabine begleiten. Ich zeige ihm, wo ich mein Kreuz mache: in dem Kreis neben der 20, die steht für die SPD.

Später in der Bierstube war die Wahl natürlich auch *das* Thema, aber ich hab mich nicht lange aufgehalten, weil ich um achtzehn Uhr die ersten Prognosen und Hochrechnungen sehen wollte: schockierend! Auch noch kurz vor acht liegt die Allianz weit vorne. Zum Glück scheint sie aber nicht die absolute Mehrheit zu erreichen, doch die CDU kommt alleine schon auf vierzig Prozent. Kurz nach zwei liegt das offizielle vorläufige Wahlergebnis endlich vor: CDU: 40,91; DSU: 6,32; DA: 0,92; also Allianz: 48,15 Prozent. SPD: 21,84; PDS: 16,33; Demokraten: 5,28 Prozent. Gute Nacht.

Montag, 19.03.90

Nun werden wir wohl im Sommer die D-Mark bekommen und bald vereinigt sein. Der kleine Mann hat sich an den SED-Bonzen gründlich gerächt. Irgendwie ist das alles verständlich, aber von dem „großen Volk" ist nichts übriggeblieben; die wahren Revolutionäre werden gnadenlos in die Ecke gestellt. Der Bauch hat dem Geist kräftig in den Arsch getreten. Ach Michel, du wirst nicht klug.

Gorbi sagt, seine Aufforderung an die Litauer, ihren Austritt aus der SU zurückzunehmen, sei kein Ultimatum gewesen und die Litauer bleiben bei ihrem Austritt. Na also, es geht doch.

Mittwoch, 21.03.90

Freiheit, die ich meine, die mein Herz begehrt ..., heißt es jetzt auch in Namibia. Das Volk feiert. Aber nicht jeder kann mit seiner neuen Freiheit auch vernünftig umgehen. Die grade erst der Diktatur entronnenen Rumänen wollen ihre ungarische Minderheit am liebsten aus dem Lande jagen. Meine Freiheit, deine Freiheit – darüber werden wir alle noch gründlich nachdenken müssen.

Samstag, 24.03.90

Mein psychischer Zustand ist nicht der beste. Ich müsste jubeln über die gewonnene Freiheit, statt dessen bin ich verzagt und unerklärbar traurig – fühle mich nutz- und wertlos.

In den letzten fünf Jahren habe ich im Geiste ständig gegen unsere Anti-Gorbis gekämpft. Andere haben mehr getan, sie haben den Fürstenklan nicht nur im Geiste bekämpft, sie haben ihn gestürzt. Vielleicht bin ich jetzt so niedergeschlagen, weil ich mit meinem gespaltenen Bewusstsein sozusagen gegen mich selbst gekämpft habe.

In der Bierstube treffe ich nach langer Zeit meinen Forummann. Er hat CDU gewählt; vom Neuen Forum will er nichts mehr wissen.

Montag, 26.03.90

Auf Berlins alter Magistrale Unter den Linden liegt zwischen Friedrichstraße und Brandenburger Tor das Mammutgemäuer der sowjetischen Botschaft. Dort hat Nadja den Genossen erklärt, ihre ruhmreiche sowjetische Staatsbürgerschaft gegen die der schwindsüchtigen demoli eintauschen zu wollen. Ihr Begehren ist wohl nicht gut aufgenommen worden, denn die Behandlung in der Botschaft, sagt sie, wäre alleine Grund genug, aus der Sowjetbürgerschaft auszutreten.

Mittwoch, 28.03.90

Mit Werner will ich nach Gützkow fahren. Das liegt etwa zwanzig Kilometer vor Greifswald. In meinem Hochhaus ist von der Zeitung noch nichts zu sehen. Am S-Bahnhof Friedrichsfelde Ost stehen zwei Schlangen: eine beim Straßenverkäufer West und eine am Kiosk Ost. Ich stelle mich am Kiosk an und kaufe das „ND".

Unser Zug fährt nach Barth; er hat keinen Speisewagen. Das nimmt nicht weiter wunder, ist doch das pommersche Nest keine Großstadt wie Erfurt, Dresden oder Leipzig. Und wer fährt denn auch im März nach Barth! Soll das Rindvieh doch zu Hause frühstücken.

An Gützkows kleinen Häusern ist der rex solimus auch nicht spurlos vorübergegangen, aber sie sind noch nicht ganz so verkommen wie viele Häuser in Leipzig oder Dresden. Die Serviererin im Stadtcafé reicht – von Umfang und Gewicht einmal abgesehen – an viele Dresdner „Schokoladenmädchen" nicht heran, doch wenn sie bedient, ist sie schnell und exakt und außerdem wortkarg, wie man es den Pommern nachsagt.

Wir schlafen im Gützkower Schloss – billig und gut; unser solimus hat aus dem ehemaligen Herrensitz ein Lehrlingswohnheim gemacht.

Am andern Tag sehen wir uns den Betrieb des Neubrandenburger Panzerreparaturwerkes gründlich an. Die meisten Werkhallen und Gebäude sind uralt und in einem erbärmlichen Zustand. Aber das ist nicht die einzige Sorge der Betriebsleitung. Die Zeit der Panzer dürfte vorbei sein, und das bereitet den Panzerreparateuren weitaus größere Sorgen.

Samstag, 31.03.90

Die bundesdeutschen Wahlsieger wollen bei der Wirtschaftseinheit unsere sauer verdienten Mäuse halbieren; zwei zu eins, sagen sie, wär für uns schon ein Gewinn. Viele wollen das aber nicht einsehen. Es ist allerhand Protest im Gange.

Auch Gorbi protestiert lauthals. Unverschämtheit! Über sich selber wollen diese Litauer selber bestimmen. So weit geht sein neues Denken nun wieder nicht. Aber wir wissen ja: Wer zu spät kommt …

Sonntag, 01.04.90

Gorbi rasselt mächtig mit dem Säbel in Litauen, und das ist wohl kein Aprilscherz. Eine Handvoll national gesinnter Russen unterstützt ihn dabei auf einer Versammlung in Moskau. Aber die Nationalukrainer veranstalten in Kiew mit wesentlich mehr Leuten eine Sympathiekundgebung für das aufmüpfige Litauen und fordern auch für die Ukraine Unabhängigkeit. Wie es scheint, braucht außer den Russen kaum jemand Stalins Sowjetunion.

Montag, 02.04.90

Jegor der Kurzsichtige (Ligatschow) hat sich mal wieder zu Wort gemeldet. Die KPdSU ist für ihn eine Art Heiligtum; sie müsse gesäubert werden, meint er. Eine stalinistische Säuberungsaktion soll das aber nicht sein.

Mittwoch, 04.04.90

Nach langer Zeit erleben wir wieder mal eine Preissenkung, aber nicht auf die alte Fürstenjubelweise, sondern ganz schlicht und ohne ideologisches Getöse. Viele teure Waren unserer veralteten Kommandowirtschaft werden nicht mehr gekauft. Das erste Opfer der bundesdeutschen Produktivitätsüberlegenheit ist der Süßwaren- und Schokoladenhersteller „Elbflorenz" in Dresden. Seine Schokomädchen fahren über Land und verschleudern die Lagerbestände. Merke: Die Revolution macht das Volk – das Geschäft machen andere.

Freitag, 06.04.90

In CDU-Dresden gibt es noch immer – oder schon wieder: Rote. Statt der Fürstenlosung „Der Sozialismus siegt!", die OB Berghofer schon 1986 hat abbauen lassen, kann man jetzt – wenn auch nicht als Leuchtreklame – lesen: „Scheiß Kapital!", womit wohl nicht Marxens dicker Wälzer gemeint ist, oder: „Im Westen sind se schlauer, da ist das Geld die Mauer."

Samstag, 07.04.90

Nadja geht mit einer russischen Bekannten und zwei Frauen aus Leningrad, die bei der Bekannten zu Besuch sind, in die von Kaiser's aufgemotzte große Lichtenberger Kaufhalle. Die Frauen sprechen alle deutsch, aber in der Schlange am Wurststand unterhalten sie sich natürlich russisch. Jede Frau möchte eine deutsche demokratische Dauerwurst kaufen; die Leningraderinnen außerdem etwas Aufschnitt für die Heimfahrt. Doch als die Verkäuferin mitbekommt, dass sie Russinnen vor sich hat, will sie ihnen nichts verkaufen, macht ein Mordstheater und ruft die Leiterin. Die kommt sofort und stößt in das gleiche Horn. Aus der Schlange werden mürrische Rufe laut: „Haut ab!" Die Frauen kaufen unter unwürdigen Umständen eine einzige Dauerwurst. Auf den Aufschnitt verzichten sie; den Lenin-

graderinnen ist bei einer solchen Auffassung von Freundschaft der Appetit vergangen.

Sonntag, 08.04.90

Er dreht weiter am Rad der Geschichte: Jegor der Kurzsichtige. Rückwärts natürlich. Aber wenn Gorbi nicht gestürzt wird, macht er sich nur lächerlich. Käme Jegor Ligatschow allerdings an die Macht, könnte er ein neuer Stalin werden. Da wollen wir mal vorsichtshalber nicht zu
lange warten mit der deutschen Einheit.

Donnerstag, 12.04.90

Silvi löst unsere kleine Kollektivkasse auf und kauft für
das Geld jedem was zu Ostern. Erdbeeren und Weintrauben
sind dabei – im April! Für uns solimus-Kinder unvorstell-
bar. Aber an Besseres gewöhnt man sich schnell.

Unsere neue Regierung macht von sich reden. Nachdem
die besten Arbeiter-und-Bauern-Söhne schmählich gescheitert sind, versuchen es jetzt die Advokaten und Pastoren.
Mal sehn, was die zustande bringen; jedenfalls müssen sie
nicht jedes Wort vom Zettel ablesen.

Freitag, 13.04.90

Karfreitag. Da wird viel über Jesus Christus geschwätzt.
Doch die bigotten Kirchenfürsten und der selbstherrliche
Papst scheren sich einen Teufel um das, was der Messias
den missratenen „Gotteskindern" eigentlich verklickern
wollte. Christus kann sich gegen die Christen genauso wenig wehren wie Marx gegen die Marxisten. Kommende
werden dem einen wie dem anderen Gerechtigkeit wider-
fahren lassen.

Gorbi kümmert sich weder um Christus noch um Marx
und stellt den Litauern schon wieder ein Ultimatum. Doch
mit Macht allein lässt sich Raubland auf die Dauer nicht
halten, eher geht die Macht am Raub zugrunde. Jede An-
nexion hat einen entscheidenden Mangel: ihr fehlt die moralische Legitimation. Von Stalins Raubreich wird am Ende

nicht viel übrig bleiben. Der Drang nach Freiheit wächst in dem Maße, wie die Freiheit unterdrückt wird. Bisher musste noch jede Diktatur die Segel streichen, wie grausam oder demagogisch sie auch immer gewesen sein mag, und das wird wohl auch künftig so sein.

Sonntag, 15.04.90

Heute feiert Bundespräsident Richard von Weizsäcker seinen 70. Geburtstag. Er ist nicht mein Präsident, und seine CDU ist nicht meine Partei, aber ich bin zutiefst beeindruckt von seiner sittlichen Gesinnung. Sie zeugt von einem Ethos, das man bei Politikern nur selten antrifft. Richard von Weizsäcker erweist sich im Präsidentenamt als ein Anwalt der Menschlichkeit und stellt sich würdig in die Reihe jener großen Deutschen, die dafür einstehen, dass das Wort deutsch nicht nur mit Verachtung ausgesprochen wird in der Welt. Dem bald wieder vereinten Deutschland könnte gar nichts besseres passieren, als dass Richard von Weizsäcker sein erster Präsident wäre.

Montag, 16.04.90

Wir dürfen wieder Ostermontag feiern; ein schönes Abschiedsgeschenk unserer ersten Übergangsregierung. Die rote Fürstengilde hätte am liebsten alle alten Feiertage abgeschafft, weil sie sich an den Tagen nicht bejubeln lassen konnte.

Dienstag, 17.04.90

Die Aktuelle Kamera meldet, dass in Karl-Marx-Stadt bis Freitag darüber abgestimmt wird, ob die Stadt wieder Chemnitz heißen soll. Wenn auch meine Vorhersagen bisher selten zutrafen, bin ich doch ganz zuversichtlich, dass die Mehrheit der KaMstädter sich für Chemnitz entscheiden wird.

Donnerstag, 19.04.90

Der erste Anwalt des Volkes legt vor des Volkes Kammer

das Programm seiner Regierung dar; eine gute Rede. Das meiste würde ich nicht anders machen wollen. Lothar de Maiziere erhält viel Beifall, nicht nur von seiner Allianz. Es geht also auch leise und ohne ideologischen Klamauk.

Freitag, 20.04.90

In Falkenberg an der Elster baut ein VEB (Volkseigener Betrieb) Elektroherde; dort hab ich heute zu tun. Besagter VEB war nicht immer ein solcher. Als das sozialistische Sendungsbewusstsein des saarländischen Dachdeckergehilfen zur materiellen Gewalt wurde, ergriff selbige die kleine Masse der verbliebenen Privatbetriebe und führte sie auf den zukunftsseligen Weg der sozialistischen Planwirtschaft. Das war so anno 1972. Unser expropriierter Expropriateur aber hatte für solcherart Expropriation kein Verständnis, ließ sich in Liechtenstein nieder und gründete dort eine Kühlschrankfabrik.

Der Erbe nun des unternehmungslustigen Republikflüchtlings hat sich angesichts der bevorstehenden Nach-Mittag-Wirtschaft (Günter Mittag, Wirtschaftschef im SED-Politbüro) in „seinem" Betrieb schon immer mal umgesehen. Die Stimmung der Belegschaft ist entsprechend. Doch bis jetzt läuft der Laden noch. Die Falkenberger verkaufen ihren E-Herd für 800 Mark. Herstellungskosten: 1200 Mark. Also schustert Vater Staat 400 Mark zu; Subvention wird das genannt. Das westelbische Marktwirtschaftspendant kostet 500 DM und wirft natürlich einen satten Gewinn ab. Da sind die Messen doch wohl gesungen.

Sonntag, 22.04.90

Lenins Anhänger feiern heute seinen 120. Geburtstag. Ihre Zahl ist aber wahrscheinlich etwas kleiner geworden. Der sozialistische Götterkult dürfte seine Glanzzeit hinter sich haben – jedenfalls in Europa.

Vor zehn Jahren zum 110. war ja einiges angesagt. Da blieben entsprechende Witze nicht aus: Die Kindergärtnerin ist mit ihren kleinen im Wald. Plötzlich springt ein Eichhörnchen übern Weg. „Was war das eben, Kinder?" fragt die Gärtnerin. „Lenin!" quäkt es aus fünfzehn Kindermäulern. Oder: Was ist ein Len? Ein Len ist der Abstand von einem Lenindenkmal zum anderen.

Stalinismus ist pervertierter Marxismus und die Pervertierung begann bereits mit Lenin. Sein Sozialismusversuch scheiterte mindestens aus zwei Gründen: 1. Versuch am untauglichen Objekt, 2. Versuch mit untauglichen Mitteln. Lenin will in Russland eine neue Gesellschaftsordnung aufbauen, doch was Ordnung ist, wird mancher dort auch zu seinem 240. Geburtstag noch nicht begriffen haben. Es gibt Leute, die können aus Hundescheiße Flöten machen, aber Sozialismus wird man mit solcherart Zauberkunst nicht herbeizaubern können. Marx und Engels hatten jedenfalls anderes im Sinn als allgegenwärtigen Mangel.

Wenn es nur eine Partei gibt, die sich bestenfalls selbst kontrolliert, aber sonst nicht der geringsten gesellschaftlichen Kontrolle unterliegt, dann hängt das Tun und Lassen dieser Partei nur noch von der moralischen Beschaffenheit ihrer Führer ab. Die moralische Qualität eines Lenin wird jedoch völlig unbedeutend, da es einen Stalin gibt und unter gleichen Machtverhältnissen immer geben wird. Wie heißt es: Macht, die nicht demokratisch kontrolliert wird, verführt – und führt dann auch – zu Machtmissbrauch. Das hätte ein Geist wie Lenin wissen müssen. Erst mit der Moralität eines Gorbatschow kann der Stalinismus überwunden werden. Da kommt mir Dornröschen in den Sinn. Aber wenn es ihn nun nicht gegeben hätte, den Gorbi-Prinzen, wer hätte uns dann wachgeküsst?

Montag, 23.04.90

Ein Vertreter des betrieblichen Runden Tisches informiert die Vertrauensleute – ich bin seit einiger Zeit Vertrauensmann – über die Zukunft des Betriebes als GmbH; sie ist wahrscheinlich noch beschissener als die VEB-Vergangenheit.

Samstag, 28.04.90

Nadja hat einer Bekannten aus Erfurt Westberlin gezeigt und bei der Gelegenheit die 200 D-Mark umgerubelt, die ich neulich für 600 DDR-Mark eingetauscht habe. Sie bringt mir dafür die 600 DDR-Mark wieder und verdient selbst noch 60 Mark dabei. Jetzt kann ich die 600 Piepen in die Währungsunion hinüberretten – falls ich sie dann noch habe.

Dienstag, 01.05.90

Es ist kurz nach sieben. Petrus gratuliert dem Ersten Mai mit einem Strauß wunderschöner Sonnenstrahlen. Der „Internationale Kampf-und Feiertag der Werktätigen" wird heute 100 Jahre alt. Im vorigen Jahr sind wir noch auf die bekannte Jubelweise an unseren Arbeiter-und-Bauern-Fürsten vorbeigezogen; das werden unsere staunenden Nachfahren nur noch im Nostalgiefernsehen erleben können.

Wir starten zu unserer ersten freien Maifeier. Im Lustgarten und auf dem Marx-Engels-Platz ist allerhand aufgebaut. Was bei uns fehlt, wird durch Westware ersetzt. Es gibt auch wieder Alkohol. Bei den Fürstenaufmärschen der letzten Jahre konnte man in der gesamten Innenstadt nirgendwo ein Bier trinken. (Du sollst keine andern Götter haben neben mir!) Anstehen muss man nicht mehr an den Verkaufsständen, dafür aber etwas mehr bezahlen als bei EHo.

Die Linden entlang schlendern wir zum Brandenburger Tor. Das ist voll eingerüstet; vielleicht wird es darauf vorbereitet, wieder ein Tor zu sein. Die gewaltige Panzersperre (ich kenne solche Einrichtungen noch aus Adolfs Zeiten) hat schon viel von ihrer Gewalt verloren. Wir gehen am alten Reichstagsgebäude vorbei zum Platz der Republik. Die Kundgebung – seit 1946 erstmals wieder eine gemeinsame für West und Ost – ist schon beendet. Jetzt vergnügt sich groß und klein bei einem ursten Volksfest.

Mit dem Bus fahren wir zum Bahnhof Zoo und sehen uns mal im Europa-Center um. Feiner Laden. Der Clou ist die attraktive Wasseruhr, auch wenn sie ein paar Minuten nachgeht. Von der Aussichtsplattform sehen wir uns das endlose Häusermeer aus der Vogelperspektive an, ein besonderes Erlebnis bei dem herrlichen Sonnenschein.

Anschließend unternehmen wir in einem piekfeinen Doppelstockbus eine kleine Rundfahrt: am Grunewald entlang, vorbei an Funkturm und ICC und dann wieder zurück zum Brandenburger Tor. Die westlichen Vororte von Berlin, wie Sudel-Ede Westberlin bisweilen nannte, können sich schon sehen lassen. Plötzlich bleibt der Bus stehen: Straßenblockade. Kleine junge dunkelhaarige Männer und Frauen setzen sich auf die Fahrbahn und rufen irgendwas, in dem Faschismus und Ibrahim vorkommt, sonst kann ich nichts verstehen. Aber die Polizei ist schon da; ruhig und gelassen befördert sie die Demonstranten auf den Bürgersteig. Wir werden nicht lange aufgehalten.

Am Brandenburger Tor muss die Taube sich erst mal ausruhen, aber Sascha hat es eilig. Ich soll ihm für zehn Mark ein basecap kaufen, das er auf dem Hinweg gesehen hat. Er hat Glück. Obwohl die Leute schon einpacken – es ist jetzt fünf durch – bekommt unser Filius seine Baseballmütze.

Aktuelle Kamera und Tagesschau berichten von den Maiveranstaltungen; da hat sich einiges geändert. Gorbi steht zwar wie früher auf dem Lenin-Mausoleum, doch es findet keine Truppenparade statt, und nach dem offiziellen Vorbeimarsch marschiert die Opposition. Sie fordert die Auflösung von KGB und KPdSU, Freiheit für Litauen und bessere Lebensbedingungen. Da haut Gorbi lieber ab.

Freitag, 04.05.90

Aus der abgestürzten deutschen demokratischen Flugzeugindustrie Walter Ulbrichts hat sich die Dresdner Flugzeugwerft in EHos entwickeltes System des rex solimus hinübergerettet. Für ihre Gäste unterhält die Flugzeugwerft auf der Radeberger Straße in einer hübschen alten Mehrfamilienvilla ein Gästehaus. Das wird vor allem für die zahlungskräftige Westkundschaft exquisit aufgemotzt. So was läuft natürlich zusätzlich zum Plan auf Beschluss des obwaltenden Lokalfürsten. In diesem Fall ist der Fürst ein General der Nationalen Volksarmee, dem Partei und Regierung die Leitung eines Rüstungskombinats übertragen haben. Dieser Umstand macht die Nichtplanerfüllung aber keineswegs einfacher, ganz im Gegenteil, Generäle sind ja gewohnt, Befehle zu erteilen. Doch die solimus-Wirtschaft jedweder Spielart kümmert sich einen Scheißdreck um Befehle. Dafür macht sie bisweilen etwas mehr, als man von ihr erwarten kann. Das liegt an den „Befehlsempfängern". So hat denn der clevere Investbauleiter „Emmes" gegen allen Fürstenwidersinn die Rekonstruktion des Doppelhauses mit der gebührenden solimus-Verspätung doch noch zu einem guten Ende gebracht. Anlässlich dieses freudigen Ereignisses überbringe ich den amtlichen Segen der Staatlichen Bauaufsicht. Amen.

Sonntag, 06.05.90

Kommunalwahlen. Diesmal darf Nadja auch wählen. Der Wahlakt dauert heute etwas länger als im März, das liegt wohl an den Stimmzetteln, die groß wie Handtücher sind. Ich wähle wieder SPD mit allen sechs Kreuzen. Nadja zweigt von ihren SPD-Stimmen ein paar für die PDS ab.

Trotz starker Einbußen hat es die CDU wieder geschafft. SPD auf dem zweiten, PDS auf dem dritten Platz. Der Linksruck ist nicht zu übersehen.

Montag, 07.05.90

Im „ND" vom Sonnabend lese ich eine Streitschrift zum Thema Lenin – Luxemburg von Heinz Stern: absolute Klasse. Sie haben Rosa zweimal erschlagen: ihren Körper die Reaktion, ihren Geist die eigenen Genossen. Lenin war der erste, Stalin der brutalste; die fiesesten aber waren die Deutschen von Thälmann bis Honecker. Doch Rosa Luxemburg wird schon bald als die bedeutendste Marxistin gefeiert werden, wenn auch heute noch in vielen linken Köpfen Stalins Leninismus rumspukt. Der Text jedenfalls von

Heinz Stern ist das Beste, was ich jemals im „ND" gelesen habe.

Mittwoch, 09.05.90

Mit dem Ex fahr ich nach Dresden; er fährt auf die Sekunde genau um sieben Uhr los. Es gibt Frühstück mit vorzüglicher Bedienung. „Kollege kommt gleich!" scheint der Vergangenheit anzugehören.

Am Abend wird in Dresden das 20. Dixieland-Festival eröffnet. Ich bin fast von Anfang an jedes Jahr dabei. Seitdem ich in Berlin wohne, besorgen mir meine Dresdner Freunde die Karten. Früher war an Karten kaum ranzukommen. Der Edelfan zog am Abend vor Kassenöffnung mit Stühlchen, Wolldecke und Verpflegung, die überwiegend flüssig war, vor die Kassentür und saß oder stand die ganze Nacht durch an, um die jedes Jahr im Mai heißbegehrten Dixiekarten zu erhaschen. In diesem Jahr sind die Karten doppelt so teuer wie früher, dafür aber weniger anstrengend zu erstehen.

Wir haben Karten für das Auftaktkonzert am Abend. Vorm Kulturpalast hat sich schon reichlich Volk eingefunden. Auf dem Balkon des Hauses sorgt eine Band für die richtige Stimmung. Zu den Dixieklängen kann man ein Krombacher Bier zischen. Bisher war die Dresdner Felsenkellerbrauerei immer mit von der Partie, aber im Moment ist unser Bier noch etwas dünn, da haben die Westunternehmen die besseren Karten.

Dann geht es los: Wie immer begrüßt uns Jazzvater Karlheinz Drechsel. Er führt geistreich durchs Programm und stellt mit Witz und Humor die Musiker vor. Das Publikum ist vom ersten Ton an mit Beifall und „Einlagen" voll bei der Sache. Da schlagen die Jazzerherzen gleich höher und es dauert nicht lange, bis der große Saal kocht. Am Ende ist er ein einziges Freudenmeer. Das ist sie, die einmalige Dresdner Dixiestimmung; man muss sie erleben, beschreiben kann man sie nicht.

Nach dem Konzert leiste ich mir für drei Mark ein Krombacher im Wegwerfbecher. Inhalt etwa ein drittel Liter. Das Bier schmeckt ganz vortrefflich und findet reichlich Zuspruch. Die Krombacher sind auf Jazzveranstaltungen spezialisiert und für den mobilen Ausschank bestens eingerichtet.

Donnerstag, 10.05.90

Die „Dresdner Ausspanne" am Postplatz hat sich in einen munteren Markt verwandelt. Hier geht es zu wie auf einem orientalischen Basar. Sinti und Roma haben die DDR entdeckt; sie bieten riesige Teppiche feil und versuchen alles an den Mann – oder die Frau – zu bringen, was sich zu Geld machen lässt. Aus Holland kommt ein Blumenverkäufer. Er könnte ein Bruder von Rudi Carrell sein. Das niederländische Sprechtalent ist ein Entertainer par excellence und würde bei uns vielleicht auf der Bühne stehen. So ein „Künstler" ist selbst in der Kunststadt Dresden ein Juwel.

Mit einem lachenden und einem weinenden Auge sehe ich, wie überall die begehrte Bundesware Einzug hält, manches davon durchaus preiswert für unsere ärmlichen Verhältnisse. Nach der Währungsunion werden wir wohl nicht mehr allzu viele Waren aus unserer Produktion vorfinden.

Auf der Straße der Befreiung, die zur Zeit eine Straße des Dixieland ist, hat sich der Bertelsmann Buchclub niedergelassen; Bücher, Bücher – da gehen einem die Augen über. Sogar Karl Marx ist vertreten und der wunderbare Struwwelpeter. Aber die Preise, die Preise ...

Abends bin ich wieder im Palast. Zum Jubiläum sind sechsundzwanzig Gruppen aus siebzehn Ländern angereist. Erstmals ist eine Band aus Südamerika dabei, Argentinier, wenn ich nicht irre. Die ganze Stadt swingt und jazzt. Es ist sicherlich nicht übertrieben: Dresden ist die Hauptstadt des Dixieland – wenigstens in Europa. Neben vielen anderen Persönlichkeiten hat unser neuer Kulturminister ein Grußschreiben gesandt: Das Fest der Freude und des Frohsinns soll nicht untergehen mit der alten demoli. Elbflorenz ist wie verzaubert in diesen Maientagen. Ich kann den Zauber nicht ausreichend beschreiben, aber mir scheint, dass ihm von Jahr zu Jahr mehr Menschen erliegen.

Freitag, 11.05.90

Am Vormittag fahre ich nach Berlin zurück und hole Sascha. Seit seinem dritten Lebensjahr ist er jedes Mal dabei. Wir sind Stammgäste im Studiotheater des Palastes. Dort spielt Papa Binne aus Berlin für die Kleinen aus Dresdner Kindergärten. Steffi vom Deutschlandsender liest den Knirpsen ein Märchen vor, zwischendurch wird mal so richtig gezappelt und gehopst, und einige „Nachwuchsjazzer" dürfen auch mal auf den Instrumenten der Großen spielen. Natürlich haben die Kinder auch selbst „Instrumente" mit, schließlich heißt die Veranstaltung ja „Mit Triangel und Klapperholz". Die Kindergärtnerinnen bereiten die Piepmätze immer bestens vor. Ein kleiner Chor tritt auf, und viele Kinder haben ganz entzückende Jazzplakate gemalt. Wenn dann die Binne-Mannen den beliebten Olsenbandendixie anstimmen, kocht das Studiotheater genauso wie abends der große Saal. Diesmal können wir leider nicht mehr zu Papa Binne gehen, da der Kinderjazz immer am Donnerstag- und Freitagvormittag stattfindet.

Samstag, 12.05.90

Unter Ausnutzung meiner Beziehungen übernachten wir im Gästehaus der Flugzeugwerft. Sachsenradio weckt uns mit Dixieland. Das Programm des Senders Dresden ist locker und interessant. Nach der Morgentoilette machen wir uns auf den Weg zum Frühstücksjazz auf der Straße der Befreiung.

Der hübsche Boulevard empfängt uns mit Dixieklängen. Auf zwei Bühnen wird tüchtig gejazzt. Speis und Trank gibt es an jeder Ecke. Wir essen eine bayrische Weißwurst für 2,50 Mark, und ich trinke dazu ein bayrisches Bier.

Nach dem Dixiefrühstück fahren wir traditionsgemäß die große Runde mit der Pioniereisenbahn durch den Großen Garten. Den Rest des Tages verbringen wir beim Dresdner Frühlingsfest. Für mich gibt es dort Bier – das letzte billige in Dresden – und für Sascha Zuckerwatte. Während ich mein Bier trinke, ist Sascha mit meinem Kleingeld bei allerlei Fahrgeschäften auf Achse. Der Dresdner Rummel macht ihm immer einen Heidenspaß.

Abends im Palast die lange „Nacht des Dixieland": der blanke Wahnsinn!

Sonntag, 13.05.90

Wir sind etwas müde, ich von der Dixienacht und Sascha vom Fernsehen. Doch wir können nicht lange schlafen, in der Freilichtbühne „Junge Garde" findet traditionell die große Abschlussfete statt, da dürfen wir natürlich nicht fehlen.

Praller Sonnenschein, tolle Stimmung. Es läuft ein Riesenprogramm. Live dabei: Sachsenradio, Norddeutscher Rundfunk, DDR-Fernsehen und – Krombacher Pilz. Karlheinz Drechsel verkündet, dass die Krombacher als fester Sponsor einsteigen. Die siebentausend ausgelassenen Dixiefans quittieren die frohe Botschaft mit lautem Jubel.

Sascha möchte noch mal zum Rummel, so verpasse ich die letzten Gruppen. Auch die wunderschöne Dixieparade findet diesmal ohne uns statt. Auf Oldtimern mit zwei oder mehr PS sitzen die Jazzer mit ihren Instrumenten und dem nötigen Bier. Nach dem Konzert in der „Garde" zieht der Dixietreck dann begleitet von tausenden Fans musizierend zum Kulturpalast, wo das Festival mit einer kleinen Session vom Balkon ausklingt. Das erleben wir aber nicht mehr mit, zu der Zeit sitzen wir schon im Zug nach Berlin.

Freitag, 18.05.90

Heute soll in Bonn der Staatsvertrag unterzeichnet werden; dann ist das Schicksal der berühmten demoli besiegelt. Adenauer kann als Vater der deutschen Spaltung gelten.

Sein politischer Enkel Kohl beendet die Spaltung, und Adenauer bekommt am Ende recht mit seiner These: „Lieber das halbe Deutschland ganz als das ganze Deutschland halb." Aber wer hat die Spaltung wirklich überwunden? Männer wie Willy Brandt und Egon Bahr. Die entscheidende Voraussetzung für die bevorstehende deutsche Einheit war die neue Ostpolitik der SPD.

Sonntag, 20.05.90

Jetzt hab ich endlich mal etwas gründlicher Rosa Luxemburgs „Zur russischen Revolution" gelesen und dabei auch ihren berühmten Satz: „Freiheit ist immer Freiheit der Andersdenkenden" gefunden. Die Schrift ist blanker Sprengstoff gegen den Stalinismus. Kein Wunder, dass ich in fast zwanzig Jahren Parteilehrjahr nicht ein einziges Wort von Rosa Luxemburg gehört habe. Sie wurde für den ideologischen Kultrummel der Fürsten als Märtyrerin missbraucht. Ihre Ideen, ihre Ansichten und Vorstellungen, ihr sprühender Geist waren nicht erwünscht.

Donnerstag, 24.05.90

Himmelfahrt. Den früheren Feiertag hatten die SED-Oberen abgeschafft. Die Pfaffen- und Advokatenregierung lässt Himmelfahrt wieder Himmelfahrt sein. Dagegen habe selbst ich gottloser Mensch nichts einzuwenden.

Freitag, 25.05.90

Die Prüfgruppen der Staatlichen Bauaufsicht in den Betrieben werden aufgelöst. Ich kann künftig vielleicht in Treptow arbeiten, Silvi will es in Köpenick versuchen, Werner bleibt als Projektant im KBA und Horst geht in den Vorruhestand.

Dienstag, 29.05.90

Jelzin hat es im dritten Anlauf geschafft. Nach seiner Lesart ist er jetzt Präsident von Russland. Gewählt wurde er aber zum Parlamentspräsidenten.

Dienstag, 05.06.90

Ein allgemeines Umtauschfieber breitet sich aus. Vor Sparkassen und Versicherungen stehen lange Schlangen. Ich möchte nur etwas Geld abheben, doch daran ist überhaupt nicht zu denken. An der Sparkassentür steht ein Mann und lässt die Kunden schubweise rein. Ich brauch mich aber nicht vorzudrängeln, die Geldautomaten sind alle außer Betrieb.

Dienstag, 12.06.90

Dresden. An einem der neuen Häuser am Platz der Einheit prangt ein fettes schwarzes Hakenkreuz. Wie es scheint, nimmt daran niemand Anstoß, schon gar nicht die Polizei. Unter EHo wäre etwa zehn Minuten nach Entdeckung des Nazisymbols der Platz eine Woche lang weiträumig abgesperrt worden, Steinmetze hätten die beschmierte Wandplatte im Tag- und Nachteinsatz ausgewechselt – sozusagen den Faschismus mit der Wurzel ausgerottet – und danach wäre das Haus von einem Doppelposten der VP (Volkspolizei) fünf Jahre lang rund um die Uhr „unauffällig" bewacht worden.

Freitag, 15.06.90

Der Baustoffhandel in Biesdorf-Süd ist dabei, sein schäbiges Ostimage abzulegen. Im Laden kann man schon die herrlichsten Werkzeuge, Beschläge, Schrauben, Nägel und dergleichen aus dem Westen bewundern. Da wird das Einkaufen künftig aber Spaß machen.

Samstag, 16.06.90

Währungsumstellung. Vor meiner Sparkasse stehen an die achtzig Menschen. Ich stelle mich dazu und erreiche nach einer Stunde die Tür. Zwei Männer regeln den Einlass. Im Kundenraum sind zusätzliche Tische aufgestellt, an denen freundliche Damen und Herren die Aufträge bearbeiten. Hilfe aus Westberlin soll auch da sein. Die Quittung für den Auszahlungsbetrag oder den Kontoauszug bekommt man am Schalter. Umstellung und Normalbetrieb werden über eine Schlange abgefertigt; das ist für die Normalkunden natürlich höchst unangenehm. Aber sonst läuft der Währungswechsel ganz gut. Nach anderthalb Stunden hab ich die Umstellung hinter mir.

Mittwoch, 20.06.90

Heute bin ich mal wieder in Wurzen bei Leipzig. Die Stadt sieht aus, als wäre nächste Woche Weihnachten. Auf dem Marktplatz findet wieder Markt statt. Im Fahrradgeschäft steht ein Westrad am andern, auch das BMX-Rad, mit dem Sascha mir ständig in den Ohren liegt, ist in zwei Versionen vertreten.

Zurück nach Berlin fahre ich über Dresden. Der Vindobona hat drei Stunden Verspätung. Die Wartezeit verbringe ich im Biergarten auf der Prager Straße gleich neben dem klotzigen Lenindenkmal. Etliche Vietnamesen und Roma zu Lenins Füßen gedenken seiner mit der von ihm zur Belebung der siechen solimus-Wirtschaft erfundenen NÖP (Neue Ökonomische Politik). Die Frage ist aber: Wenn ich zur Rettung des Sozialismus den Kapitalismus brauche, warum muss ich ihn dann vorher kaputt machen?

Donnerstag, 21.06.90

Die Diätenkammer der Deutschen Volkokratischen Republik stimmt mit deutlichen fünfundsiebzig Prozent dem Staatsvertrag und der Oder-Neiße-Friedensgrenze zu. Ohne Anerkennung der von Hitler verursachten und von Stalin gezogenen neuen deutschen Ostgrenze ist die Einheit nicht zu haben. Und man könnte ja auch altes Unrecht nur mit neuem Unrecht aus der Welt schaffen. Von meinem vorpommersches Heimatdorf bis nach Polen ist es heute nur ein Katzensprung. Mit dem Herzen werde ich diese Grenze nie anerkennen. Aber als Humanist muss ich die Oder-Neiße-Grenze hinnehmen, um nicht Millionen Polen dem gleichen Unrecht auszusetzen, das den Menschen aus Ostpreußen, Pommern und Schlesien – und auch den Sudetendeutschen zugefügt worden ist.

Im Russischen Parlament steht das Deutschlandthema ebenfalls auf der Tagungsordnung, aber hier geht es rund. Gorbatschow, Ligatschow, Jelzin und viele andere: die Meinungen prallen kontrovers aufeinander. Für manchen Russen ist der geplante Abzug der Sowjettruppen aus der DDR Verrat an den Helden des Großen Vaterländischen Krieges. Ein älterer Abgeordneter schlägt vor, angesichts der Entwicklung in Deutschland das sowjetische Ehrenmal im Treptower Park von Berlin nach Moskau umzusetzen und mit der Inschrift zu versehen: Ich war in Berlin! Vielleicht würden ihm die vielen toten Sowjetsoldaten, die in deutscher Erde liegen, zustimmen, im Parlament geht sein Vorschlag fast unter.

Freitag, 22.06.90
Im RIAS großer Bahnhof mit sechs Außenministern: Der Checkpoint Charlie fällt.

Samstag, 23.06.90
Axel K. ist ein Wirtschaftsberater aus der Bundesrepublik. Ich habe auf eine „ND"-Annonce geschrieben, daraufhin wurde ich für heute in das Jugendzentrum am Bogensee bei Bernau eingeladen. Das heutige Jugendzentrum war früher die Hochschule der FDJ (Freie Deutsche Jugend). Hilmar, Klaus und Ralf aus meinem Betrieb wollen sich auch mal anhören, wie wir bei Axel K. das große Geld verdienen können.

Mit weiteren vier-bis fünfhundert Damen und Herren betreten wir den großen Hörsaal, nachdem Axels Türsteher jedem von uns sechs D-Mark abgeknöpft haben. An der Bühnenleinwand sagt uns ein Dia „Guten Morgen". Aus einem Recorder tönen harmonische Klänge, die gegen neun sieghaft-hymnisch und leicht aggressiv werden. Dann geht es los.

Axel K. stellt sich locker vor und erzählt uns, da wir ein – na ja, sozusagen, irgendwie und überhaupt – ungebildetes Volk sind, etwas von der Politik. Das Sozialwesen! Es entwickelt sich. Nichts dagegen zu sagen, was wahr ist, ist wahr! Hier also die Krankheit und dort das Alter. Da der Unfall und – „Wovon redet der eigentlich?" denke ich.

Zu Mittag wissen wir endlich, worum es geht: Wir sollen Unfallversicherungen und Bausparverträge an den Mann bringen. Aber, sagt Axel K., nicht als Verkäufer, sondern als Strukturverkäufer, das heißt: wir sollen Verkäufer gewinnen. Was wir auf die Weise verdienen könnten, sei einfach *super*.

Ich unterschreibe einen Vertrag als nebenberuflicher Mitarbeiter und lass mich als Gruppenleiter einsetzen. Meine Kollegen sind schon nach Hause gefahren, sie glauben nicht, dass unsereins auf solche Art zu Geld kommen kann; vielleicht haben sie recht.

Mittwoch, 27.06.90

Saschas Klasse hat heute Wandertag. Ich nehme einen Tag Urlaub und wandere als Stütze der Lehrerin mit. Um acht treffen wir uns an der Schule. Außer mir ist noch ein Wanderpapa da. Die Erwachsenen haben etliche Ideen für eine „Bildungswanderung", aber die Kinder wollen nur eins: baden! Es ist wunderschönes Sonnenwetter, dreißig Grad sind angesagt: baden gewinnt. Wir traben zur Bushaltestelle.

Mit dem 8er und dem 27er Bus fahren wir zum Kleinen Müggelsee. Hübsche Ecke. Die Sonnenanbeter sind hier ganz locker. Männlein und Weiblein liegen „mit" und „ohne" im Sand. Langsam scheint die katholische Prüderie auszusterben. Den Kindern ist das ziemlich egal, sie belagern sofort den Badestrand und sind selig. Gegen halb zwei brechen wir wieder auf; so komme ich zu einem frühen Bier in meiner Bierstube.

Anschließend gehe ich in die Halle. Dort warten an die hundertfünfzig Kunden auf Einkaufwagen. „Die Halle ist doch leer", sage ich zu der Flaschenfrau, „warum stehen da so viele Leute?

„Wir haben die kaputten Wagen aussortiert", sagt sie. Dabei sind die neuen Wagen schon da, doch der Kunde Arsch darf kurz vor Ultimo die demoli-Verkaufskultur noch mal so richtig auskosten.

Freitag, 29.06.90

In Dresden sind zwei Tage vor dem neuen Geld sogar die Straßenbahnfahrscheine knapp. Mancherorts werden pro Person nur zehn Sechs-Fahrten-Karten verkauft, die Karte für eine Mark. Das Volk kauft jetzt alles, was es kriegen kann. Viele Läden sind wie leergefegt, andere geschlossen. Hier und da liegt schon die schicke Westware; da wird ja was los sein nächste Woche.

Im „Töppel" auf der Straße der Befreiung will ich das beliebte Lausitzer Schwarzbier trinken, doch das gibt es nicht mehr. Die Brauerei in Eibau muss wegen absoluter Überalterung dichtmachen. Jetzt wird hier – wunderschön aufgemacht – ein bayrisches Weizenbier ausgeschenkt, aber ich liebe bittere Biere, das Weizenbier ist mir zu süß; so ziehe ich weiter.

Auf dem Altmarkt steht ein riesiges Eschebachzelt, vielleicht fünfzig Meter lang. Darin sitzen etwa tausend Zecher in bester Stimmung, weitere zweitausend sitzen draußen. „Oktoberfest" in Dresden. Der bayrische Veranstalter hat alles mitgebracht: Zelt, Tische, Bänke, Bratstände, Fassbier und eine zünftige Bayernband. Joa mei, doa legst di nieder! – Nu nee, es Läääbn is scheeen.

Bayrische Weißwurst, Geflügel, Schweinewürstchen, alles nicht ganz billig, aber gut; dazu oane Maß ausgezeichnetes Fassbier in Litergläsern, für die kein Pfand erhoben wird, doch das Bier darin kostet sieben Mark. Alle zwanzig Minuten bringen kräftige Männer mit einem Gabelstapler ein neues Fass, und das bei drei oder vier Zapfständen. Zur Weißwurst erhält man ein Wegwerfbesteck mit Serviette. Wenn die schönen Litergläser nicht mehr reichen, kommt ein Wagen mit neuen Gläsern und bringt gleich die Müllcontainer für den Wegwerfkram mit. Perfektion. Hier begreift man den Unterschied zwischen kleckern und klotzen. Ordner helfen einer Bierleiche sanft aus dem Zelt. Kein Zank, kein Zoff, alles läuft bestens. Der Kneiper könnte an so einem Tag gut und gerne eine halbe Million Umsatz machen.

Die Bayernband bringt den Zeltsaal zum Kochen: Zicke, zacke, zicke, zacke, hoi, hoi, hoi! Und noch mal. Und wieder. Die Begeisterung der Leute macht mir klar, dass diese hier nie DDR-Bürger waren; sie waren schon immer Bundesbürger. Wir sind ein Volk! Hier kann man es erleben. Das Bierfest kommt mir vor wie eine Art D-Mark-Silvester. Wenn sie könnten, würden die D-Mark-Bürger in spe gleich bis zum 1. Juli durchfeiern. Eine Orgie der Vorfreude. Dabei wissen die Menschen gar nicht so genau, was sie gewinnen oder verlieren. Aber eins wissen sie ganz genau: Sie wollen Deutsche in Deutschland sein und nie wieder irgendwelche DDR-Bürger unter irgendeinem EHo.

Sonntag, 01.07.90

Berlin-Lichtenberg begrüßt die D-Mark um Mitternacht mit Böllerschüssen; es knallt wie zu Neujahr. Am Vormittag fahr ich mal zur Sparkasse: Großer Kundenstau, auch vor der Post, aber ich stell mich trotzdem an und hab schon nach einer halben Stunde meine fünfhundert D-Mark in der Tasche.

Mit dem neuen Geld kommt auch die neue Freiheit: Ab heute kann ich als Deutscher wieder von Deutschland nach Deutschland gehen, ohne dass jemand meinen Ausweis sehen will oder gar eine Mauer im Weg steht. Wer in Berlin lebt, weiß, was das bedeutet.

Dienstag, 03.07.90

Michail der Kühne hat die Würdigsten seiner KPdSU zum 28. Parteitag nach Moskau geladen. Vor der Revolution hätten wir da Tag für Tag das „ND" nur so verschlungen, heute nimmt von dem „weltbewegenden Ereignis" kaum noch jemand Notiz.

In meiner Halle gebe ich nur die leeren Flaschen ab, die ich nicht mehr selber in die Kästen stellen muss. Auf einen Einkaufwagen verzichte ich, weil ich keine Lust habe, mich anzustellen. Dann sehe ich mich mal um. Ein Supermarkt ist das hier noch nicht, aber etwas besser als bei EHo sieht es schon aus. DDR-Ware gibt es kaum noch, auch unser Bier ist verschwunden. Nichts gegen Westbier, aber ich könnte mit dem großen Berliner auch weiterhin leben.

Mittwoch, 04.07.90

Die Schlangen, die vor ein paar Monaten an den Zeitungskiosken standen, stehen heute vor den Kaufhallen. Zeitungen gibt es jetzt genug und fast überall.

Meine Bierstube macht wieder auf. Alles etwas schöner, Tischdecken, neue Gläser, aber das billigste kleine Glas Bier kostet statt 65 Pfennig 1,50 Mark. War auch unser Bier subventioniert? Weiß der Teufel, die Bierstube hat sich jedenfalls erledigt bei den Preisen.

Nach dem teuren Freiheitsbier geh ich einkaufen. Die Schlange steht nur noch in der Halle. Ich kaufe bloß ein paar billige Sachen und muss trotzdem zwölf Mark berappen. Das Angebot ist wohl noch nicht perfekt, aber im Vergleich zu früher natürlich über jede Kritik erhaben.

Donnerstag, 05.07.90

Für das Frühstück im Betrieb muss ich jetzt mindestens eine Mark mehr bezahlen. Zu Mittag esse ich ein Paar Delikatwiener mit einer Original-Konsum-Schrippe für ganze 1,67 Mark, einschließlich Senf.

Freitag, 06.07.90

Das Westberliner Goethe-Institut feiert seinen dreißigsten Geburtstag. Irgendwer hat Nadja eingeladen, an der Party teilzunehmen. Nachdem ihre Dolmetscherfreundin abgesagt hat, überredet sie mich mitzukommen. Um sechs soll es losgehen, aber wir sind wie immer zu spät dran.

Mit dem Trabi fahren wir zum Bahnhof Friedrichstraße. Die Westabgrenzung ist niedergerissen. Wir wollen mit der S-Bahn zum Bahnhof Zoo fahren, doch das klappt nicht. Dann suchen wir die U-Bahn. Eine Frau zeigt uns den Weg und sagt, dass auf der S-Bahnstrecke gebaut wird. Wir irren durch den weiträumigen, etwas verkommenen Bahnhof, bis wir schließlich die Linie sechs nach Tegel finden. Am Leopoldplatz steigen wir um und sind gegen halb sieben endlich am Bahnhof Zoo. Jetzt müssen wir nur noch das Haus Nummer sieben in der Hardenbergstraße finden, was uns am Ende auch gelingt.

In dem hübschen kleinen Hof hält der Direktor vor reichlich Publikum die Festansprache. Außerdem gibt es dort Freibier; eine angenehme Verbindung von Ideologie und Ökonomie. Doch die Rede des Direktors hätte des Biers nicht bedurft.

Mit vielen jungen Menschen aus aller Welt, vor allem aus Asien und Afrika, sehen wir uns das interessante Haus an. Auf dem Dachgarten packt die Band grade ein. Hier und da findet Sprachunterricht für Anfänger statt; Russisch und Portugiesisch sind gut besucht. Aber eigentlich lernen die jungen Ausländer hier Deutsch. Heute wird jedoch nicht nur gesprochen, die Mäuler sind auch eifrig mit essen und trinken beschäftigt.

Samstag, 07.07.90

Auf der Post liegt ein Päckchen für mich; die früher immer etwas muffligen Schalterbeamten sind ausgesucht höflich. Ich bin jetzt Mitglied im Bertelsmann-Buchclub. Als Dankeschön für den Beitritt bekomme ich ein Kochbuch und einen Kugelschreiber mit einer Mine, die nicht leckt.

Von Obst und Gemüse abgesehen ist in der Halle nicht viel los. Einige Sachen sind ziemlich teuer. Am Fleischstand steht: 50 Prozent Preissturz. Ein Kilo Schabefleisch kostet zehn Mark, also hätten vorher hundert Gramm zwei

Mark gekostet? Da ist wohl eher der Kunde gestürzt als der Preis.

Montag, 09.07.90

Zum Feierabend haben wir wieder mal eine Betriebsversammlung. Der Geschäftsführer – unser früherer Direktor – spricht zur Situation des Betriebes. Die ist weiß Gott nicht rosig, eher jämmerlich. Silvi hat uns schon verlassen. Vielleicht war das richtig, doch sie fühlt sich nicht wohl auf ihrem neuen Arbeitsplatz.

Um halb sechs ist die Versammlung immer noch nicht zu Ende, aber ich haue ab. Vor der Kaufhalle in Köpenick die gleiche Schlange wie vor meiner Halle in Friedrichsfelde. Ich gehe nebenan zur Post. Dort warten zwei Dutzend Menschen; es ist nur ein Schalter geöffnet. Nach knapp einer Stunde bin ich dran. Ich will einen Sparkassenscheck einlösen. „Haben Sie die drei Mark klein?"

„Welche drei Mark?"

„Na, die Gebühr." Au Backe! Da werden die Schlangen wohl bald sehr viel kürzer sein bei der Post.

In Kaulsdorf-Süd gehe ich in die Konsumhalle. Es ist schon vier Minuten vor sieben, aber niemand steht an der Tür und sagt: „Wir schließen jetzt." Ich kann praktisch nach Ladenschluss in aller Ruhe einkaufen. Manches ist erstaunlich billig. Noch nie in meinem Leben habe ich für 3,99 Mark eine Flasche Weißwein gekauft. Das Delibier von EHo kostet jetzt nur noch eine Mark, und das Flaschenpfand wurde von dreißig auf zwanzig Pfennig gesenkt. Flaschen sind also heute nicht mehr soviel wert wie früher.

Zu Hause schau ich mal in die Bierstube rein, sie ist fast leer. Nicht nur das Essen, auch die Preise sind gepfeffert. Doch für das kleine Bier muss ich nicht mehr 1,50 Mark, sondern bloß noch 1,35 Mark bezahlen; so kann es weitergehen.

Donnerstag, 12.07.90

Ich bekomme mein erstes D-Mark-Gehalt. Netto ist es etwas weniger als vorher; zwar bezahle ich sehr viel weniger Steuern, aber dafür sind die Versicherungsbeiträge gestiegen. Neu ist die Pflichtversicherung gegen Arbeitslosigkeit. Der Sozialismus kannte keine Arbeitslosen und ist dennoch (oder grade deshalb?) untergegangen. Warum wohl sind die vielen bundesdeutschen Arbeitslosen nicht zu uns in den Keine-Leute-keine-Leute-Staat gekommen? Weil sie als Arbeitslose im Westen wahrscheinlich besser gelebt haben als wir im Osten mit unserer Vollbeschäftigung.

Wenn ich morgen arbeitslos werde, bekomme ich immerhin an die tausend Mark Arbeitslosengeld im Monat. Ein sowjetischer Arzt hat das nicht mal in Rubel, wenn er arbeitet. Nach dem realen Kurs von 1:12 hat der arme Hund umgerechnet vielleicht grade so achtzig D-Mark im Monat. Der Lenin-Stalin-Sozialismus hatte nie eine Chance, nicht mal in der berühmten demoli. Jelzin hat das begriffen, er tritt aus der KPdSU aus.

Freitag, 13.07.90

Bei der Heimfahrt von Hennigsdorf sehe ich mir mal die schicken Geschäfte in Tegel an. Danach kaufe ich mir beim Türken eine Büchse Bier, setze mich im Grünen auf eine Bank und rauche eine Zigarette. Auf der Bank nebenan sitzt ein alter bärtiger Mann und scheuert sich an der Banklehne seinen Rücken. Er ist halb ausgezogen und vermutlich völlig verlaust. Wie es aussieht, hat er auf der Bank übernachtet. In einer Ecke der kleinen Grünanlage spielen zwielichtige Gestalten Karten. Einer der Männer steht auf und pisst nicht weit von mir in die Büsche. Eine total verkommene junge Frau – sie ist betrunken und hat ein blaues Auge – trällert fortwährend: „Ich liebe dich." Sie meint den Pisser. Nach einer Weile torkeln die beiden davon. Auf der Bank neben dem Spieltisch liegt einer wie tot, vielleicht ein Kokser.

Das war nun wirklich eine Errungenschaft des rex solimus: Solcherlei Menschen gab es bisher kaum bei uns. Programm war: keinen zurücklassen, keinen verkommen lassen. Und da jeder auf jeden aufpasste, wusste jeder von jedem alles – wenn auch eigentlich nichts. Jetzt ist auch bei uns jeder für sich selbst verantwortlich. Den großen Verführungen und Bedrohungen jeglicher Art werden nur die Starken widerstehen. Die Schwachen, und das sind nicht wenige, werden sehr schnell auf der Strecke bleiben. Der Traum von der sozialistischen Menschengemeinschaft ist für eine sehr lange Zeit ausgeträumt.

Sonntag, 15.07.90

Helmut Kohl und Mischa Gorbatschow sind ein Herz und eine Seele. Gorbi ist klug. Er befolgt Bismarcks Rat in umgekehrter Richtung. Ökonomisch hat eben heute Russland allen Grund, mit Deutschland Freundschaft zu halten. In einer friedlichen oder gar abgerüsteten Welt ist der ökonomisch Stärkste überhaupt der Stärkste. Gorbi braucht Außenerfolge, in seiner Sojus läuft nicht viel, die Leute werden ungeduldig; auf dem Manegeplatz in Moskau stehen zweihunderttausend Menschen im Regen und fordern die Auflösung der KPdSU.

Sonntag, 22.07.90

Nadja hat auf der Datsche in eine Gartenecke einen Heckenrosenstrauch gepflanzt, den hab ich vor einer Woche „frisiert" und dabei ein Vogelnest entdeckt. In dem Nest lagen zwei nackte Junge, ganz ruhig, als wären sie tot. Ich habe nichts angerührt und das Nest nicht freigeschnitten. Heute hat Nadja fast den ganzen Busch abgesäbelt; nur die paar Zweige mit dem Nest hat sie verschont. Die Jungen leben und es sind sogar drei. Die Alte, eine Amsel, füttert. Das Nest liegt jetzt völlig frei. Hoffentlich kommen die Jungen durch in der rauen Welt, vor der sie – wie wir demoli-Kinder auch – jetzt nicht mehr verborgen sind.

Freitag, 03.08.90

Das ist nun wirklich kurios: Werner, der exzellente Statiker und Prüfingenieur sitzt als Bauleiter in Köln, Sachbearbeiterin Silvia hat uns Hals über Kopf verlassen, weil es künftig die Bauaufsicht im Betrieb nicht mehr geben wird, und Horst, der Prüfgruppenleiter, schreibt mit der Schreibmaschine meine Konzepte ab, obwohl er das eigentlich gar nicht kann. Was aus mir wird, weiß ich nicht; bis jetzt hab ich noch Aufträge, doch wie es weitergeht, ist höchst unklar. Horst wird, sobald das wegen der Auftragslage nötig ist, in den Vorruhestand gehen; ich muss darauf aber noch vier Jahre warten.

Freitag, 10.08.90

Wir starten in den Urlaub nach Ahrenshoop. Bei der Gelegenheit wollen wir meinen Vater in Wismar besuchen und uns den Hansapark in Sierksdorf ansehen. Am späten Nachmittag sind wir erst auf der Autobahn, die uns mit einem dicken Stau begrüßt. Als wir endlich in Wismar ankommen, ist es schon Nacht. So spät will ich nicht mehr zu meinem Vater fahren. Wir suchen ein Hotel. Es gibt eins, doch das ist ausgebucht. Dort sitzt aber ein Privatvermieter, bei dem wir dann zwei hübsche Zimmer mit Dusche und Küche beziehen. Auch den Hänger mit den Fahrrädern können wir in die Garage schieben. Die Übernachtung kostet fünfundsechzig Mark. Ernst, der Vermieter, sagt, wir seien die ersten DDR-Gäste, bisher hätten nur Bundis bei ihm übernachtet. Nadja und Sascha gehen ins Bett; ich nehme mit dem Hausherrn noch einen zur Brust.

Samstag, 11.08.90

Gut ausgeschlafen fahren wir zu meinem Vater, aber der ist nicht zu Hause. Ich stecke einen Zettel hinter das Türschild. Dann machen wir uns auf den Weg nach Sierksdorf. Unterwegs grüßen uns etliche Pommesbuden. Durch die zerfallenden Grenzanlagen fahren wir von Deutschland nach Deutschland. Buntes Leben in Lübeck. Weiter geht es nach Norden die Küstenstraße entlang. Am Timmendorfer Strand sehen wir uns mal ein bisschen um. O ja, hier lässt es sich Urlaub machen. Schließlich erreichen wir Sierksdorf, es ist schon zwölf durch.

Riesiger Parkplatz, ganz am Ende noch ein Platz für unseren Trabi. Eine Erwachsenenkarte kostet achtzehn Mark. Der Deutschlandsender hat mir zwei Karten geschenkt. Für Sascha müssen wir noch eine Eintrittskarte kaufen, die kostet sechzehn Mark. Das ist für uns schon ein bisschen happig, aber für die steilen Preise wird auch was geboten. Der Hansapark in Sierksdorf ist für klein und groß ein sattes Vergnügen; Sascha möchte am liebsten hierbleiben.

Die berühmte demoli hat ohne Ostpreußen und Hinterpommern auch noch genügend Ostseeküste; einen solchen Vergnügungspark hätte man auch bei uns bauen können. Unsere Fürsten mussten sich wohl um ihre Jagdhütten kümmern, da hatten sie für einen Hansa-Park weder Zeit noch Geld. Doch Kopf hoch, Ossi, jetzt „gehört" dir der Hansa-Park in Sierksdorf ja auch. Also: auf nach Sierksdorf. Die achtzehn Mark wird niemand bereuen.

Zurück fahren wir über Hamburg, um wenigstens mal eine Mütze voll Wind in Hans-Albers-City zu schnuppern. Wenn man in einer Stunde auch kaum was sieht von der Stadt, ahnt man doch, dass es sich hier leben lässt. Abends um zehn sind wir erst bei meinem Vater; der ist schon ganz aufgeregt.

Sonntag, 12.08.90

Wir frühstücken und fahren dann in Papas Garten. Den will er jetzt verkaufen; er ist fast achtzig Jahre alt, da ist ihm der Birnbaum langsam zu hoch. Nach dem Gartentrip holen wir den Hänger und machen uns auf den Weg nach Ahrenshoop.

Der hübsche Badeort empfängt uns mit Mischwetter, aber wir baden; das Wasser ist nicht kalt. Auf dem Darß sind auch etliche Westwagen unterwegs. Die Neugier auf die andere Seite scheint gegenseitig zu sein, zumal die Wessis ja nun nicht mehr die peinliche Grenzkontrolle über sich ergehen lassen müssen.

Montag, 13.08.90

Der Himmel weint. Heute vor neunundzwanzig Jahren haben die Genossen Ulbricht, Honecker und Co. den antifaschistischen Schutzwall zwischen Deutschland und Deutschland errichten lassen, angeblich, um Europa den Frieden zu bewahren. Aber im heutigen „ND" steht: Es hat am 13. August 1961 in Europa keine Kriegsgefahr gegeben. Wir hatten ohnehin begriffen, dass die Mauer einen ganz anderen Grund hatte: Die DDR-Bürger liefen in hellen Scharen in den Westen, das musste verhindert werden, wollten die Fürsten weiterhin an der Spitze bleiben.

Donnerstag, 23.08.90

In den Nachrichten wird das Ergebnis der nächtlichen Volkskammersitzung verkündet: Die berühmte demoli soll am 3. Oktober 1990 der Bundesrepublik Deutschland beitreten. Da muss ja auch die aus der Regierung ausgetretene Ost-SPD zugestimmt haben.

Am Abend erleben wir im Kunstkaten Kahlows Kabarett. Heinz Kahlow, seine Cleo und der Pianist ziehen die Wende-DDR so richtig durch den Kakao: selten so gelacht. Das Programm war die acht Mark dicke wert. Übrigens ist gutes Kabarett immer links und kontra, vor allem aber geistreich.

Freitag, 24.08.90

Aus dem Kunstkaten habe ich gestern einen Ausstellungsprospekt mitgebracht. Auf dessen Rückseite ist eine Grafik abgebildet, die mich sehr beschäftigt; sie trägt das Signum Dicaz 90. Im Vordergrund ragen die um Hilfe flehenden Hände eines Versinkenden aus dem Boden. Dahinter steht ein Gnom ohne Leib. Arme und Beine sind aus dem Kopf herausgewachsen. Die Beine tragen den Kopf kaum; sie sind eingeknickt, unförmig und unbeholfen. Genauso unförmig sind Arme und Hände. Die rechte Hand streckt sich vergebens nach der linken Hand des Untergehenden. Die linke, ganz und gar missgebildet, greift in ein Gebilde, das ein stehendes aufgeschlagenes Buch sein könnte. Man traut dieser Hand nicht zu, dem Buch auf vernünftige Weise etwas entnehmen zu können, weil sie blindlings in das Buch hineingreift. Das linke Knie des Kopfmenschen stößt ungelenk in die linke Hälfte des Buches hinein, die leer und zerbrochen ist. Die rechte Hälfte ist wie ein Regal mit vielen Fächern dargestellt.

Wer hat das gemacht? Das Werk ist die Arbeit des jungen Künstlers Nils D. Dicaz, geboren im vorpommerschen Stralsund. 1980 macht er sein Abitur, studiert dann an der Ernst-Moritz-Arndt-Universität in Greifswald und an der Hochschule für Bildende Künste in Dresden. Nils Dicaz ist in dem Prospekt abgebildet. Er hat ein reines, offenes Gesicht, das etwas von einem Jesusbild hat, nur ist es nicht so jenseitig wie die meisten Christusgemälde. Was will Dicaz uns sagen mit seinem scheinbar so verschrobenen Kunstwerk?

Nils D. Dicaz

1961
in Stralsund geboren
1980
Abitur
1980–1984
Studium an der EMA – Universität
Greifswald
1984–1987
Studium an der Hochschule für Bil-
dende Künste Dresden, u.a. bei Prof.
B. Konrad und Prof. J. Damme
1987
Künstlerisches Diplom
seit 1987
Künstlerische Ausbildung von Studen-
ten am C.-D.-Friedrich-Institut
1988
VBK/DDR
Ausstellungen:
Dresden, Rostock, Grimmen, Stralsund,
Greifswald, Berlin, Heringsdorf, Neu-
bukow, Osnabrück

Betrachten wir das Geburtsjahr des Künstlers, so sehen wir, dass Nils Dicaz ganz und gar ein Kind der DDR ist. Er wurde nicht – wie wir Älteren – eingemauert, er wurde hinter der Mauer geboren. Der rex solimus war sein Lebensraum, seine Welt. Freilich gab es da noch etwas mehr an Welt, aber die andere, die westliche war die imperialistische und der Imperialismus war der Todfeind der Menschheit, wenngleich dort Onkel und Tante jahrein, jahraus fröhlich vor sich hin lebten und nicht im Traum daran dachten, den bösen Imperialisten den Rücken zu kehren.

Ein solcher Mensch, Dicaz, ehrlichen Glaubens an die Heilung dieser Welt, ein Preuße mit pommerschem Herzen und sächsischer Seele, aufrichtig bis ins Knochenmark, so ein Mensch sieht praktisch über Nacht sein gesamtes Weltbild, seinen unverdorbenen Glauben an eine bessere Zukunft der Menschheit in die Latrine rutschen. Was macht da ein sensibler Künstler, ein auf andere Art Gekreuzigter? Dicaz resigniert nicht. Er wehrt sich mit seiner Kunst und klagt jene an, die die Chance des Aufbaus einer gerechteren Welt vertan haben. Denn die unaufhaltbar untergehenden Hände sind nichts anderes als der rex solimus. Und der

Kopfmensch? Er ist im wesentlichen Lenin. Doch er sieht nicht so aus, wie wir ihn kennen; dieser hier ist nicht mehr der Gott, zu dem er bei Stalin mutieren musste. Markant die große Denkerstirn, seine geistige Leistung bleibt. Aber auf seinem Gesicht liegt ein harter Schatten; das rechte Auge ist völlig verdeckt. Der bekannte Kinnbart fehlt, statt dessen trägt er einen schwarzen Schnauzer wie Stalin. Dicaz hat recht mit seiner Darstellung: Der Stalinismus begann bereits mit Lenin.

Das Buch zu deuten ist nun nicht mehr schwer. Lenin will die von Marx und Engels entwickelte Lehre von der kommunistischen Gesellschaft in Russland anwenden, setzt sich jedoch mit seiner unreifen Oktoberrevolution über wichtige Gedanken von Marx hinweg. Am Ende hat er den Marxismus nicht befördert, sondern beschädigt. Aber für Dicaz sind die Marxschen Ideen nicht untergegangen mit dem Lenin-Stalin-Sozialismus; für ihn steht in dem Buch Marxismus mehr drin, als Lenin ihm so folgenschwer entnommen hat.

Montag, 27.08.90

Nachdem wir wieder gut in Berlin gelandet sind, hat Nadja sich nach Großbritannien begeben, um dort ihr Englisch aufzubessern. Ich habe noch Urlaub und blättere mal die Zeitungen durch. In der Zeitschrift „Probleme des Friedens und des Sozialismus" (Nr. 3/90, S. 308 ff.) wird heftig über den Sozialismus gestritten, aber von der Sozialismusillusion spricht niemand.

Marx und Engels schreiben im „Manifest", dass die bevorstehende bürgerliche Revolution in Deutschland „nur das unmittelbare Vorspiel einer proletarischen Revolution sein kann". Das war eine Illusion. Lenin hat neunundsechzig Jahre später die Illusion, in Russland den Sozialismus errichten zu können. Aber Russland befindet sich 1917 in mancher Hinsicht erst auf dem Entwicklungsstand Deutschlands von 1848. Mit seiner Elitepartei von Berufsrevolutionären gelingt es ihm zwar, das Proletariat zu befähigen, die

Macht zu erobern, doch einen dauerhaften – und vor allem lebenswerten – Sozialismus hat seine „Diktatur des Proletariats" nicht hervorgebracht. Gegen die Überlegenheit der kapitalistischen Triebkräfte ist bis heute kein sozialistisches Kraut gewachsen. Im „Manifest" heißt es: „Die ersten Versuche des Proletariats, in einer Zeit allgemeiner Aufregung, in der Periode des Umsturzes der feudalen Gesellschaft direkt sein eigenes Klasseninteresse durchzusetzen, scheitern notwendig an der unentwickelten Gestalt des Proletariats selbst wie an dem Mangel der materiellen Bedingungen seiner Befreiung, die eben erst das Produkt der bürgerlichen Epoche sind." Diese wichtige Erkenntnis hat Lenin in den Wind geschlagen. Der Sozialismus wird noch lange ein Traum bleiben. Die Christen träumen von ihrem „Sozialismus" schon zweitausend Jahre lang. Unsere Vorstellungen vom Sozialismus werden sich mehr und mehr wandeln. Wahrscheinlich wird er letzten Endes und dauerhaft auf evolutionäre Weise Gestalt annehmen. Das schließt weitere revolutionäre Versuche auf dem Weg dorthin nicht aus. Sie sind nach dem, was Fidel Castro (S. 313 ff.) zu bedenken gibt, unvermeidlich. Die Frage ist nur, ob ihnen Erfolg beschieden sein wird. Einen Lenin gibt es nicht allzu oft. Und selbst ein Kopf wie Lenin war nicht in der Lage, im ersten Wurf etwas Dauerhaftes zu schaffen.

Auch wenn die Morosowa das ganz anders sieht (S. 337 ff.), bleibe ich dabei: Schon Lenins Oktoberversuch war eine Illusion. Stalin und seine frühen wie späten Handlanger haben das historisch notwendige Scheitern des Frühsozialismus nur ideologisch verbrämt.

Dass der erste große Sozialismusversuch sich immerhin einige Jahrzehnte gegen alle – oft genug tödlich-grausamen – Angriffe der alten Welt behaupten konnte, ist nicht nur auf die alles beherrschende stalinistische Volksunterdrückung zurückzuführen, sondern auch ein Beweis für die Lebenskraft des uralten Menschheitstraums von dem, was Karl Marx und Friedrich Engels in ihrem berühmten „Manifest" Kommunismus nennen.

Die deutschen Gegenwartspolitiker haben andere Sorgen: Sie streiten inbrünstig über den Rechtsstatus deutscher Gebärmütter im vereinten Deutschland.

Donnerstag, 30.08.90

Unsere Volksvertreter streiten noch immer. Am meisten Aufregung bewirken der unerwünscht geschwängerte Uterus und die Stasiakten. Die Akten sollen in den Westen gebracht werden, fordern die einen, und die anderen wollen, dass sie im Osten bleiben.

Freitag, 31.08.90

Frühnachrichten. Die Doktoren haben den Uteruskrampf erfolgreich verhandelt und die Stasiakten bleiben hier. Jetzt steht der Heimholung des verbliebenen deutschen Ostens nichts mehr im Wege.

Kurz nach dreizehn Uhr überträgt RIAS 1 die Unterzeichnung des Einigungsvertrags. Lothar der Letzte hält eine hübsche Rede; er hat schon Format. Auch was Bundesminister Schäuble sagt, kann sich hören lassen. Na denn! In fünf Wochen bin ich Bundesbürger. Glück auf den Weg, alter Junge.

Dienstag, 04.09.90

Die Satirezeitschrift „Eulenspiegel" kostete früher vierzig Pfennig. Heute kostet die „Eule" in der DDR eine und in der BRD zwei Mark. Die Eulenleute haben einen fiktiven Tausendmarkschein der DDR-Währung mit dem Kopfbild von EHo abgebildet. Jetzt holen sie alles das nach, wofür sie früher von den Diktatoren des Proletariats sofort eingelocht worden wären.

Mittwoch, 05.09.90

In unserm DFF 1 läuft am Abend der Kurt-Maetzig-Film „Das Kaninchen bin ich" aus den sechziger Jahren. Ein ganz ehrlicher Film mit hohem moralischen Anspruch. Stasithema. Da waren die Glaubenswächter im Politbüro na-

türlich erschrocken. Maetzigs Film fiel wie viele andere
Kunstwerke dem 11. Plenum des ZK der SED im Dezember
1965 zum Opfer. Damals schwang mein Gott Walter (Ulbricht) noch das Zepter, aber EHo war schon Kronprinz.
Stefan Heym verfemt, Wolf Biermann verboten und bei der
Gelegenheit mal wieder alle kritischen Kultur-und Geistes-
schaffenden so richtig an die stalinistische Kandare genommen. Das 11. Plenum war der Anfang vom Ende für die von
den SED-Fürsten permanent kastrierte demoli.

Freitag, 07.09.90
Am Anschlagbrett des Betriebes, das noch mit dem roten
Fahnentuch bespannt ist, an dem früher unsere siegverkün-
denden Wandzeitungen hingen, ist zu lesen:

Information

Mit Datum vom 1.9.90 stellt der Vorstand der KdT (Kammer der
Technik) seine Arbeit ein. Die Betriebsgruppe ist damit nicht mehr
existent. Alle Mitglieder erhalten noch ein persönliches Schreiben.
Ich danke ... und so weiter

Unterschrift

Unser vielfach geschmähter EHo wäre als weiser alter
Mann in die Geschichte eingegangen, wenn er voriges Jahr
im Herbst einen ähnlichen Text seines Politbüros im „ND"
veröffentlicht hätte.

Sonntag, 09.09.90
Schon wieder ein Plenumfilm im DDR-Fernsehen: „Spur
der Steine" nach dem gleichnamigen Roman von Erik
Neutsch. Das ist nun wirklich ein Ereignis. Ich denke, die
DEFA hat nie einen besseren Film gedreht; und sie hatte nie
einen intensiveren Allrounddarsteller als Manne Krug.

Mittwoch, 12.09.90
Über Köpenick schwebt ein blitzeblankes Luftschiff; es

116

kündet von der Vereinten Versicherung. Was heißt das? Vermutlich hat die Westversicherung die Ostversicherung geschluckt. Also: Wir kaufen ihre Autos und sie bekommen dafür unsere Betriebe.

Aktuelle Kamera. Deutschlandvertrag, Unterzeichnungsakt in Moskau. Der Erfolg hat viele Väter. Wendevater Gorbi ist dabei und natürlich der größte deutsche Außenminister. Was für ein Triumph für Hans-Dietrich Genscher aus Halle an der Saale, den der gestürzte EHo Halunke (Hallenser, Halloren, Halunken) genannt hat: Er holt seine engere Heimat in den Bund deutscher Länder zurück. Und just an diesem Tag geht der Mahner aus Kalifornien Hand in Hand mit seiner Nancy – glücklich, wie er sagt – durch das Brandenburger Tor. Also dann, ihr Deutschen in Ost und West, macht was aus eurer Einheit in Freiheit. Vor allem aber macht, dass man künftig – wo auch immer – von Deutschland nur mit Hochachtung spricht.

Donnerstag, 13.09.90

Das seltsame Wort OibE beherrscht plötzlich die Medien. Es steht für Offizier im besonderen Einsatz – bei der Stasi natürlich. Allerorts werden jetzt OibEs entdeckt. Innenminister Diestel wirft man vor, er löse die Stasi zu zögerlich auf. Eine Abstimmung der Volkskammer über seine Ablösung hat er aber überstanden.

Die Nazis hatten auch so was wie OibEs: Überlebensträger. Von denen ist kaum jemand aufgeflogen. Die sind sehr schnell mit ihrem in ganz Europa zusammengeraubten Vermögen in der bundesrepublikanischen Hautevolee unter- und aufgetaucht. Und Schreibtischmörder Globke konnte dank der christlichen Nächstenliebe des katholischen Bundeskanzlers Konrad Adenauer dann auch bald was tun für die bis zur Vergasung treuen Adolfjünger. Vielleicht haben auch die Überlebensträger dazu beigetragen, dass Bert Brecht uns mit den Worten warnte: „Der Schoß ist fruchtbar noch aus dem das kroch." Brecht sagt auch: „Was ist der Einbruch in eine Bank gegen die Gründung einer Bank!" In unserm Fall könnte man sagen: Was ist ein aufgeflogener OibE gegen einen aufgestiegenen Überlebensträger!

Freitag, 14.09.90

Unser zweites Fernsehprogramm zeigt einen Mauerfilm über den 9. November 1989. Irmgard von zur Mühlen ist da ein großer Wurf gelungen. Das werden aber vielleicht nur Menschen empfinden können, die die berühmte demoli vierzig Jahre lang live erlebt haben. Ich könnte heulen wie ein Schlosshund.

Die Mühlen hat eine ganz wunderbare Frau entdeckt, so eine wie die Köchin, von der Lenin dachte, sie könnte den neuen Staat regieren. In der einfachen aber auch ungewöhnlichen Frau steckt wirklich das Beste, das Einmalige, die eigentlich unmögliche Moral (wie kann so was im Stalinismus überhaupt zustande kommen?) dieser erbärmlichen, grausamen, verfluchten, gehassten und dennoch geliebten – unwiederbringbar dahingeschiedenen DDR. Sie war nie das Land Ulbrichts und Honeckers. Die wahren, die wirklich bedeutenden Menschen dieses Landes waren jene, zu denen die wunderbare Frau gehört, der Irmgard von zur Mühlen in ihrem preisverdächtigen Film ein bleibendes Denkmal gesetzt hat.

Samstag, 15.09.90

Aus Krasnodar in Südrussland ruft Nadjas Nichte Nina an: Es gibt nichts, gar nichts, überhaupt nichts. Sie sind für jedes Paket dankbar. Aber heute ein Paket nach Krasnodar schicken, da ist die Postpappe teurer als der Inhalt. Bevor das Gemeinsame Haus Europa vor allem ein Armenhaus wird, muss der reiche Westen dem armen Osten helfen. Doch mit Paketen sind Armut und Elend im Osten nicht aus der Welt zu schaffen. Die Menschen dort müssen befähigt werden, den gleichen Wohlstand zu schaffen, den der Westen hervorgebracht hat. Und bei all dem darf das größte Problem nicht vergessen werden: das Elend der Menschen in der Dritten Welt.

Montag, 24.09.90

In meiner Bierstube feiert die Arbeiterklasse schon die bevorstehende deutsche Einheit. Als der Wirt griechische Musik auflegt, fangen die Männer an zu tanzen. Ich kann mich auch kaum zurückhalten, der Sirtaki geht in die Beine.

Achim, vormals Neues Forum jetzt CDU, kommt an meinen Tisch. Neulich hab ich ihm ein paar Sachen nach Pankow gefahren, seitdem gibt er mir ständig ein Bier aus. Nebenbei erzählt er mir, dass nach dem 3. Oktober abgerechnet werde; bis zum 28. sei alles erledigt. Es ginge natürlich nicht um den kleinen Genossen und er sei ja überhaupt nicht für Gewalt, aber die Sache sei ganz bestimmt nicht aufzuhalten. Die friedliche Revolution würde sicherlich blutig enden. Wer sich hätte was zu Schulden kommen lassen, müsste mit dem Schlimmsten rechnen. Viele unter EHo Verfolgte hätten sich Waffen besorgt. Einer habe für 280 Mark eine sowjetische Maschinenpistole gekauft. Das hört sich an wie eine Räuberpistole, aber Achim hat im vorigen Oktober immerhin drei Wochen im voraus exakt den Sturz Honeckers vorausgesagt, da kann man schon mal hinhören.

Mittwoch, 26.09.90

Nadjas Freundin Alla aus Krasnodar kommt zu Besuch. Der Zug aus Moskau hat drei Stunden Verspätung. In der SU kann man praktisch nichts kaufen, aber Alla bringt einen ganzen Wäschekorb voll Lebensmittel mit: Käse, Brot, Butter ...

Etwas später stellt sich noch ein Besucher ein: Tolik aus Kiew. Mit ihm hat Nadja vor zwanzig Jahren beim Deutschen Fernsehfunk in der Sendung „Russisch für Sie" zusammengearbeitet. Beim Abendbrot – mit Wodka, versteht sich – erörtern wir die Lage; sie ist ernst.

Samstag, 29.09.90

Gestern hat sich auch noch Lusja aus Korenowsk mit ihrem Sohn Sanja bei uns einquartiert. Na ja, Berlin ist eben im Moment ein interessantes Pflaster. Auch sie bringt einen Sack voll Esswaren mit und schimpft wie ein Rohrspatz auf Gorbi. Für das Ausland sei er wohl ein großer Mann, aber für seine Russen …

Montag, 01.10.90

Zweimal werden wir noch wach, heißa! dann ist Einheitstag. Doch die meisten Menschen in der scheidenden demoli werden sicherlich wie zu Silvester in die Einheit hineinfeiern, ich natürlich auch. Die wiedergewonnene deutsche Einheit ist *das* Ereignis meines Lebens überhaupt, da kann ich am 2. Oktober nicht ins Bett gehen.

Aber es wird nicht nur gefeiert werden. Manchenorts wird auch Nachdenklichkeit oder gar Trauer anzutreffen sein. Und das nicht nur in Deutschland. Vor allem viele Menschen in den Ländern des gescheiterten rex solimus, den früheren Ostblockstaaten, werden mit Sorge der neuerlichen Ostexpansion Deutschlands entgegensehen. Wie das? Zweifellos hat sich das Volk zwischen Oder und Elbe „heim ins Reich" geholt und so Helmut Kohl zu einem Bismarck ohne „Blut und Eisen" gekürt. Das ist der erste Schritt des Altreiches nach Osten. Weitere werden folgen.

Natürlich werden die Deutschen von heute nicht wie die Kreuzritter mit Schwert und Bibel kommen, und auch nicht wie die Nazis mit Panzern und Zyklon B. Der neue „Drang nach Osten" wird ganz anders aussehen. In Warschau, Moskau und anderswo wird man über kurz oder lang die deutschen Kapitalisten einladen, mit ihrer real existierenden Wirtschaftskraft dem endlosen Siechtum der von Marx und Engels ausgedachten und von Lenin und Stalin ausprobierten Arbeiter-und-Bauern-Wirtschaft ein Ende zu setzen. Daraus wird aber nur was werden, wenn der deutsche – und selbstverständlich auch jeder andere – Kapitalist in Polen, Russland oder wo auch immer Eigentum erwerben kann. Ändern sich aber die Eigentumsverhältnisse, dann ändern sich auch die Machtverhältnisse. Auf diese Weise werden die deutschen Kapitalisten aller Voraussicht nach ihre Macht nach Osten weiter ausdehnen.

Dienstag, 02.10.90

Heute ist nun der berühmte Vorabend. Nach einem Freibier in der Bierstube komme ich grade noch zu den Ansprachen meines neuen Kanzlers und meines allerletzten Ministerpräsidenten zurecht. Helmut Kohl hält die beste Rede seines Lebens. DFF 1 überträgt den Staatsakt für die scheidende DDR aus dem Schauspielhaus. Alles, was heute in Deutschland Rang und Namen hat, ist hier versammelt. Nach den Ansprachen spielt die Leipziger Gewandhauskapelle unter dem großen Kurt Masur Beethovens unsterbliche Neunte Sinfonie mit dem berühmten Schlusschor zu Schillers „Ode an die Freude". Insofern haben wir durchaus den Eindruck, dass mit uns etwas Großes geschieht.

Nach einer Weile schalte ich RIAS 1 ein. Meine Ahnung hat mich nicht getrogen: Natürlich überträgt dieser einmalige Berliner Rundfunksender den Beethoven; ein ganz großes Erlebnis. Am Ende Ovationen der deutschen Politprominenz. Vielleicht war das auch Masurs größtes Werk.

Später sind sich zumindest in Berlin die Leute einig: Deutschland einig Vaterland. Wir stoßen mit dem „Sekt für Deutschland" von Kaiser's an. Das Fernsehen überträgt aus der Stadt ein Goethesches Gewimmel: Unaufhörlich strömen die Menschen von beiden Seiten durch das Brandenburger Tor. Von dem Geknalle kriege ich nichts mehr mit; ich bin müde und gehe ins Bett. Jetzt verschlafe ich doch den großen Augenblick.

Mittwoch, 03.10.90

Der erste Tag der deutschen Einheit. Um sieben wache ich auf, der Sekt drückt. Draußen heller Sonnenschein, kaum ein Auto auf der Straße; die Einheitsdeutschen schlafen sich aus.

Nach dem späten Frühstück machen wir uns mit unseren Gästen auf den Weg zum Brandenburger Tor. Bis zum Alex fahren wir mit der S-Bahn, von dort laufen wir in einer wahren Völkerwanderung über die Liebknechtstraße und die Linden durch das Wahrzeichen der nun wieder vereinten deutschen Hauptstadt. Zu dem Zeitpunkt bin ich aber schon mit Sascha alleine, die anderen haben wir verloren.

Wir gehen weiter bis zum Reichstag und wieder zum Tor zurück. Der 3. Oktober 1990 ist ein strahlender Sommertag, obwohl es schon Herbst ist. Vielleicht wird man dieses Wetter später einmal Einheitswetter nennen. Der Strom von Ost und West durch das Brandenburger Tor hält auch heute unvermindert an; wahrscheinlich kann in den Durchgängen keine Stecknadel zu Boden fallen. An einem Stand kaufe ich für Reiner in Braunschweig einen Mauersplitter mit Zertifikat; zum selber abspechten hab ich keine Zeit.

Schließlich steuern wir etwas pflasterlahm die heimische Bierstube an. Sascha bleibt nicht lange. Als ich nach Hause gehe, steht am Osthimmel ein wunderschöner Vollmond, so, als wenn für diesen Tag die ganz ungewöhnlich strahlende Oktobersonne noch nicht ausgereicht hätte.

Donnerstag, 04.10.90

Der gestrige Tag war am Ende nicht so friedvoll, wie wir ihn mit vielen Tausenden erlebt haben. Gegen Abend ist von Kreuzberg her ein langer Zug junger Einheitsgegner zum Alex marschiert; dort war Randale angesagt. Von mir aus kann einer gegen die Einheit Deutschlands sein, aber muss er deshalb gleich alles kurz und klein schlagen?

Sonntag, 07.10.90

Außenminister Genscher mahnt nach der gelungenen Wiedervereinigung deutsche Hilfe für das Armenhaus im Osten Europas an. Das ist nicht ganz so uneigennützig, wie es aussieht. In naher Zukunft werden tausende arme Menschen die deutschen Ostgrenzen belagern. Das Ausländerproblem wird sehr bald für Aufregung sorgen in deutschen Landen und dann werden die neuen Nazis mächtig auf die Pauke hauen.

Montag, 22.10.90

In Dresden sind dreihundert Neonazis mit reichlich Polizeischutz vom Hauptbahnhof zum Theaterplatz marschiert. Sie sind beileibe nicht die einzigen Nazis, die in Deutschland schon wieder ihr Unwesen treiben. Wie es scheint, haben die Überlebensträger ganze Arbeit geleistet.

Dienstag, 23.10.90

Belegschaftsversammlung im KBA; sie beginnt schon um halb drei. Der Speisesaal ist voll, auch alle Kurzarbeiter sind anwesend. Unser Geschäftsführer spricht über die Perspektive des Konstruktionsbüros, das sich zu einer GmbH gewendet hat. Von den fast dreihundert Werktätigen des volkseigenen Betriebes sollen am Ende zweihundertzehn Arbeitnehmer des Ingenieurbüros übrigbleiben. Werner und ich dürfen in der Bauabteilung an den künftigen Erfolgen der Marktwirtschaft teilhaben. Mein Freund Arno fragt in der Aussprache nach der Makellosigkeit der neuen Geschäftsführung. Den Makel unserer Vergangenheit werden wir alle nicht los. Natürlich sind unsere Geschäftsführer von heute die Direktoren von gestern. Wendehälse, gewiss, aber soll man jetzt zwei Millionen SED-Mitglieder in die Wüste schicken? Das hat man doch 1945 mit Millionen deutscher Nazis auch nicht getan; die sind ja wohl alle brave Demokraten geworden, oder?

Freitag, 26.10.90

Gegen Mittag ruft mich Arno an, er ist völlig fertig; das Ingenieurbüro KBA GmbH hat ihm gekündigt. Sein Arbeitsplatz ist in der Marktwirtschaft überflüssig, für Projektqualität ist jetzt jeder selbst verantwortlich. Murks kann sich heute niemand leisten, dafür sorgen schon die Arbeitslosen. Arno ist in keiner Partei, aber ein kritischer Mensch. Das hat ihm etliche schwere Rüffel der strammen Genossen eingebracht. Die Stalinisten – soweit nicht schon in Rente – sind alle noch da, aber Arno, der Demokrat, geht stempeln.

Samstag, 10.11.90

Rolf Schneider schreibt heute in der Berliner Zeitung: „Um es auf eine Kurzform zu bringen: Der geistige Vater des Zusammenbruchs der alten DDR heißt nicht Stefan Heym, sondern Gyala Horn." Die Form ist nun aber doch etwas zu kurz. Zweifellos ist sowohl die mutige Kritik Heyms am Regime der SED-Despoten als auch die Grenzöffnung des ungarischen Außenministers im September 1989 aller Ehren wert, nur wäre Gyala Horn ohne Gorbatschow nicht mal Pförtner im ungarischen Außenministerium geworden.

Doch auch Gorbi ist – bei aller Wertschätzung – nicht der geistige Vater unserer jüngeren Geschichte. Das Kind – weil vom Vater die Rede ist – um das es hier geht, hat die deutsche Sozialdemokratie zur Welt gebracht. Und wenn es nur einen Vater hat, dann heißt er Egon Bahr. Denn den Kerngedanken der neuen Ostpolitik seiner Partei hat er ins Spiel gebracht: **Wandel durch Annäherung**. Ohne diese Zauberformel wäre Gorbi wahrscheinlich kein Friedens-Nobelpreisträger geworden.

Die Politik der Konfrontation hätten die zwar real existierenden, aber doch ziemlich irreal funktionierenden sozialistischen Staaten wohl noch eine Weile ausgehalten. Die Politik der Annäherung war für die stalinistischen Diktaturen tödlich. Bald lauerte die so oft beschworene Bedrohung nicht vor, sondern hinter Mauer und Stacheldraht. Mit zunehmender Verständigungspolitik wurden die sozialistischen Phrasen immer hohler und der laut Plan ständig steigende Wohlstand immer kümmerlicher.

Das alles aber ist ein weltweiter Prozess von historischem Ausmaß, der wohl nicht nur einen geistigen Vater hat. Dieser Prozess beendet den ersten großen, vor allem aber dilettantischen Versuch, die Marxsche Idee vom Kommunismus Wirklichkeit werden zu lassen. Bert Brecht muss das geahnt haben: Der Kommunismus, sagt er, ist das Einfache, das schwer zu machen ist.

Montag, 12.11.90

Kreuzberg ist größer geworden. Jetzt toben die Schlachten zwischen Hausbesetzern und der Polizei auch in Friedrichshain. Was ist der höchste Wert im Kapitalismus? Natürlich das Privateigentum. Nur der Profit hat einen noch höheren Stellenwert. Folglich ist es oberste Pflicht der Polizei, das Privateigentum zu schützen, damit es Profit abwirft. Vielleicht würden die Hausbesetzer ganz normal ihre Miete bezahlen, wenn es genügend bezahlbare Wohnungen gäbe, und wenn das Privateigentum sie arbeiten ließe, damit sie Geld für die Miete hätten. In der DDR gab es jede Menge Mietschulden, was natürlich vor allem dem allgegenwärtigen sozialistischen Schlendrian zuzuschreiben war, aber Menschen, die unter Brücken schlafen mussten, gab es nicht.

Mittwoch, 28.11.90

Am späten Abend bringt das ZDF aus Leningrad eine gut gelungene Soli-Sendung für die Sowjetunion. Bundeskanzler Kohl hält eine sehr ausgewogene Kurzansprache. Alte Frauen in jämmerlichem Zustand werden gezeigt, ein Kirchenchor singt wunderschön, Leningrad zur Zeit der deutschen Blockade. Und dann kommt der große Jammer in die deutsche Fernsehstube: leere Lebensmittelgeschäfte, endlose Schlangen, schlimmes Gerangel um ein Stück Butter oder einen Happen Schweinskopf. Da geht vielen Deutschen das Herz auf. Der Rubel – also die Deutschmark – rollt. Spenden in Millionenhöhe. Das Geld wird gut angelegt: Ein paar alte Mütterchen werden mit Lebensmittelpaketen bedacht; hier und da Tränen. Nadja weint mit. Sie schickt schon das ganze Jahr über Pakete an ihre Verwandten in Krasnodar, aber das ist natürlich bescheiden gegen die Tausenderbeträge der Reichen aus den alten Bundesländern.

Samstag, 01.12.90

Wir werden jetzt von Kettenbriefen und allerlei Gewinnspielen heimgesucht. Bis jetzt hab ich mich zurückgehalten, aber vielleicht versuche ich selbst mal, ein Spielchen zu starten.

Sonntag, 02.12.90
Deutschland hat gewählt; die Union hat die Wahl gewonnen. Keine Aufregung, sie wird sich an den Problemen der nächsten Jahre aufreiben.

Mittwoch, 05.12.90
An Freunde und gute Bekannte verschicke ich zehn Briefe, und starte so meinen Kettenbrief „Die Goldene Zehn". Mal sehn, ob dabei was herauskommt.

Freitag, 07.12.90
Aus den Restbeständen des aufgelösten FDGB bekomme ich vierzig D-Mark, eine Flasche Whisky und einen Schokoladenweihnachtsmann. Hätte die geldgeile SED sich auch aufgelöst und ihr Riesenvermögen unter ihren Mitgliedern aufgeteilt, dann wäre ich jetzt ein reicher Mann.

Samstag, 08.12.90
Nanu! Bierstube zu? Warum gehn die Männer nicht rein? Es ist doch schon achtzehn Uhr. Die Kneipentür öffnet sich und wir erfahren den Grund für die Unregelmäßigkeit: In der Nacht wurde eingebrochen und der Spielautomat ausgeraubt. Einhellige Meinung der Stammkunden: Das hätte es in der alten demoli nicht gegeben.

Montag, 10.12.90
Heute sollte Gorbi in Oslo den Friedensnobelpreis entgegennehmen, aber er ist vollauf damit beschäftigt, Stalins Sowjetreich vor dem völligen Zerfall zu bewahren; da ist er natürlich unabkömmlich. Dabei hätte der Welt bedeutendster Nachkriegspolitiker den Festakt ebenso verdient wie sein großer Vordenker Sacharow. Ihn, Sacharow, hin-

derten jene daran, den Preis entgegenzunehmen, derentwegen Gorbi jetzt so beschäftigt ist.

Montag, 17.12.90

Ein Gerücht geht um in den Gazetten: Lothar der Letzte hätte nicht nur Bratsche gespielt, sondern auch gesungen – für Mielkes Firma. Ist da was dran? Etwas undurchsichtig die Sache, aber der Verdächtigte tritt von seinen Ämtern zurück.

Mittwoch, 02.01.1991

Jetzt schlägt die Einheit zu: Ab heute bin ich Kurzarbeiter; drei Tage im Betrieb, zwei Tage zu Hause. Da könnte ich ein paar Mäuse vom Kettenbrief gut gebrauchen, aber die Sache scheint nicht zu laufen. Mein Freund Peter H. in Erfurt, Doktor der Pädagogik, schickt mir den Brief zurück. Er ist selbst in Nöten, soll abgewickelt werden. Abwickeln – das ist in der Profitgesellschaft der verschämte Begriff für liquidieren, plattmachen, ausbooten, Konkurrenz beseitigen und ähnliche profitfördernde Maßnahmen. Dazu Marx: ... dreihundert Prozent Profit, und es existiert kein Verbrechen, das der Kapitalist nicht begehen würde.

Sonntag, 13.01.91

Sowjetisches Militär hat im litauischen Vilnius das Fernsehzentrum besetzt und dabei Menschen umgebracht. Wenn das mit Gorbatschows Billigung geschehen ist, haben seine Soldaten auch den von Millionen bejubelten Gorbi umgebracht.

Montag, 14.01.91

Gorbatschow hat den Angriff auf das Fernsehzentrum in Vilnius nicht befohlen, sein Verteidigungsminister Jasow war es auch nicht, ebenso verhält es sich mit dem Stellvertreter und so weiter. Plötzlich darf im rex solimus irgend ein Arsch etwas tun, von dem sein Natschalnik nichts weiß: Nachtigall, ick hör dir trapsen. Nur einer hat begriffen was

Gorbis Politik des neuen Denkens eigentlich bedeutet: Jelzin. Er ist nach den ersten Schüssen in Vilnius zu den Balten gefahren und hat mit ihnen einen Beistandspakt abgeschlossen.

Mittwoch, 16.01.91

Gorbi hat Russland samt seiner Kolonien aus dem stalinistischen Dornröschenschlaf erweckt. Glasnost und Perestroika, Menschenrechte, Demokratie und Pressefreiheit in der Sowjetunion sind sein Werk. Der gleiche Gorbi drängt heute sein Parlament, die gesamte Sowjetpresse unter Präsidentenzensur zu stellen. Das geht natürlich nur gegen die „Moscow-News", die den Fallschirmjägereinsatz in Vilnius ein Verbrechen genannt hat. Ein solches Anti-Glasnost-Ansinnen lehnt das Parlament selbstverständlich ab.

Sonntag, 20.01.91

In Moskau gehen dreihunderttausend Menschen für Demokratie, für Litauen und für das Baltikum auf die Straße. Sie fordern Gorbatschows Rücktritt und vergleichen ihn mit Stalin und Saddam Hussein, der das kleine Kuwait annektiert hat. Sie rufen: „Keine Diktatur!" und „Jelzin! Jelzin!" Der Präsident des russischen Parlaments lässt eine Erklärung verlesen; sie ist gegen Gorbatschows Kurswechsel gerichtet.

Kurz nach zehn am Abend meldet die ARD: Kämpfe zwischen sowjetischem Militär und lettischer Polizei in Riga. Ist das der Beginn des Bürgerkriegs in der Sowjetunion?

Montag, 21.01.91

Fünf Tote in Riga. Progressive und Konservative beschuldigen sich gegenseitig. Der gesamte Westen reagiert mit harter Kritik. In der SU gibt immer mehr das konservative Militär den Ton an. Quo vadis, Sowjetreich?

Dienstag, 29.01.91

In letzter Zeit werde ich zunehmend mit Briefen bombardiert, die mir hohe Gewinne versprechen, falls ich irgendwelchen Schnickschnack kaufe. Heute kommt sogar ein Angebot aus Amsterdam. Ich soll für 39,90 Mark einen Akupunkturring kaufen. Den soll ich mir an die Ohrmuschel klemmen, immer mal draufdrücken und schon nähme ich traumhaft ab. Sowie ich die Bestellung aufgegeben hätte, wäre mir ein Gewinn von fünfzehntausend D-Mark sicher. Bis zur Wende war ich ein unbekanntes „Schräubchen" im stalinistischen solimus-Getriebe. Heute kennen mich alle Gauner der westlichen Welt. Da begreift man, was Datenschutz bedeutet.

Mittwoch, 20.02.91

Viele unserer Brüder und Schwestern im Westen haben in all den Jahren des kalten Krieges nie einen Zweifel daran aufkommen lassen, dass irgend eines schönen Tages Deutschland wieder vereint sein würde, und zwar mit der Hauptstadt Berlin.

Als nun aber beschlossen werden soll, die Regierung zieht dann und dann nach Berlin um, melden sich etliche Politiker zu Wort, die lieber Bonn als Regierungssitz behalten möchten. Berlin könne sich ja durchaus Hauptstadt nennen, aber sonst solle doch alles so bleiben wie es ist; das bewirkt einige Aufregung im Land. Da muss ich dem Bonner Bundestag natürlich mitteilen, wie ich über die Hauptstadtfrage denke:

Balin-Jeschichte

Der olle Bismarck hat dir injerichtet
als Hauptstadt for det janze Deutsche Reich;
so mancher Musensohn hat dir bedichtet
als Spreeathen – een klassischa Vajleich.

Herr Schicklgruber hätt dir bald vanichtet
mit seine kranke Endsiech-Idjotie;
Jott, altet Meechen, warst'e zujerichtet,
so lang ick lebe: Det vajess ick nie.

Ooch Schujaschwili konnt dir nich bezwingen,
wo'a dir Kohln un Kartoffeln nahm,
een neuer Freund, der tat dir Hilfe bringen,
wie'a mit de Rosin'nbomba kam.

Un selbst det Schlimmste hast'e übastandn:
Erichens Maua mitten mang dir mang. –
Wie wa denn alle uff'n Kudamm standn,
ach Jott, da wa ick fast vor Freude krank.

Nu sollst'e wieda Deutschlands Hauptstadt werdn,
aba uff Wunsch von'n Bonna Bundestach
wirst'e de erste Halb-Hauptstadt uff Erden;
da frach ick ma doch: Bin ick noch janz wach?

Samstag, 02.03.91

Nicht nur die Sowjetunion, auch Jugoslawien bricht auseinander – das Land steht kurz vor dem Bürgerkrieg. Seltsam: Jedes Volk – selbst das allerkleinste – beansprucht für
sich das Recht auf staatliche Unabhängigkeit. Aber es ist
nicht bereit, einem anderen, oft noch kleineren Völkchen in
seiner Mitte das gleiche Recht einzuräumen. Und das ist
nicht nur in Jugoslawien und der Sowjetunion so.

Montag, 04.03.91

Gestern haben Letten und Esten über die Loslösung ihrer
Republiken von der Sowjetunion abgestimmt. Obwohl im
Baltikum heute viele Russen leben, wollen mehr als siebzig
Prozent des Stimmvolkes die staatliche Eigenständigkeit.
Da wird Gorbatschow vielleicht doch etwas nachdenklich
werden.

Donnerstag, 14.03.91

Seit Anfang April 1990 lebte EHo nebst Gattin im zentralen Armeelazarett der sowjetischen Streitkräfte in Beelitz. Jetzt hat er sich mit seiner Margot nach Moskau abgesetzt, weil ihn die bundesdeutsche Strafjustiz vor Gericht stellen will. So ist er nun sozusagen der letzte Republikflüchtling. Das Licht muss er aber nicht ausmachen (in einem Witz über das Abhauen aus der DDR hieß es: der Letzte macht das Licht aus), das hat ihm die Treuhand abgenommen.

Montag, 18.03.91

Vor genau einem Jahr hat das Staatsvolk der Deutschen Demokratischen Republik bei der ersten wirklich freien Wahl in seiner Geschichte CDU gewählt; aber nicht den kleinen Ministerpräsidenten, den ja kaum jemand kannte, sondern den großen Kanzler, der ihm D-Mark, Einheit und Wohlstand bringen sollte. Nach einem Jahr hat das CDU-Wahlvolk schon begriffen, was es da angerichtet hat; und nun geht es wieder montags auf die Straße wie im heißen Herbst 1989.

Freitag, 22.03.91

Zwölf Uhr mittags. Wie in dem berühmten Western. Es geht um mich. Doch ich soll nicht gekillt, ich soll nur entlassen werden. Am 1. Juli darf ich stempeln gehen.

Donnerstag, 28.03.91

Obwohl ich fast mein ganzes Leben lang in Unfreiheit verbracht habe, bin ich doch mehrfach befreit worden. Das ist nun die letzte Etappe meiner Befreiung: Jetzt bin ich nicht nur der Marxsche doppelt freie, sondern sogar der Kohlsche dreifach freie Lohnarbeiter. Ich bin persönlich frei (mein Fürst hat abgedankt und ist getürmt), ich bin frei von Produktionsmitteln (mein Sechzehnmillionstel Volkseigentum hat sich die Treuhand untern Nagel gerissen) und als gekündigter Kurz-Null-Angestellter bin ich auch noch frei von Arbeit (mein Arbeitsplatz ist vielleicht zusammen mit vielen anderen Arbeitsplätzen in irgendein Billiglohn-land abgewandert – Karl Marx nennt das Kapitalexport zum Zwecke der Profitmaximierung). ARBEIT macht frei? – **PROFIT** macht frei!

Samstag, 13.04.91

In der Bierstube komme ich mit Jungunternehmer Dr. T. aus meinem Haus ins Gespräch. Er ist ein Mann in den bes-ten Jahren und hat schon bald nach der Wende seinen Posten im DDR-Chemieministerium aufgegeben. Zusam-men mit seiner Frau betreibt er jetzt eine Großhandelsfirma und handelt mit Erzeugnissen der chemischen Industrie. Zunächst hatte er aber zu kämpfen: kein Büro, kein Lager, kaum Geld – und dann noch Westkunden, die nicht zahlen wollten. Jetzt ist er über den Berg, die Geschäfte laufen gut.

Dr. T. könnte zufrieden sein, ist es aber nicht. Es wurmt ihn, dass unser Sozialismus gescheitert ist. Er meint, bis in die sechziger Jahre wären wir etwa auf dem richtigen Weg gewesen. Es würde sicherlich zu einem neuen Sozialismus-versuch kommen – vielleicht nach dem großen Sozialknall in der dritten Welt –, da das jetzige System auch nur von Verbrechern beherrscht werde. Der Neuprofiteur glaubt je-denfalls nicht daran, dass der Kapitalismus die Probleme der Menschheit lösen kann.

Montag, 22.04.91

Nadja hat eine schwere Depression. In der alten demoli war sie als versierte Russischdolmetscherin ein Star. Jetzt ist sie nichts weiter als eine arbeitslose Russin in Deutsch-land, die nicht grade viel Hoffnung in die Zukunft hat.

Dienstag, 30.04.91

Am Vorabend des Kampf-und Feiertages der Werktätigen rollt in Zwickau der letzte Trabi vom Band und gleich ne-benan ins Museum. Viele seiner älteren Brüder haben es nicht so gut, sie liegen jetzt allerorts am Straßenrand, ver-

lassen und verstoßen. Dabei ist der sterbende DDR-Volks-
wagen nur ein kleiner Teil der riesigen Mülllawine, die über
uns gekommen ist. Jeder lässt seinen Dreck dort fallen, wo
er grade steht. Viele verwechseln Freiheit mit Anarchie. Der
weit in den solimus zurückreichende Sittenverfall hat eine
eklatante Steigerung erfahren.

Freitag, 24.05.91

Anruf vom Betriebsratsvorsitzenden: Ab Juni darf ich
wieder was tun für mein Geld; Arbeitsbeschaffungsmaß-
nahme heißt das Zaubermittel. Wie im Märchen …

Freitag, 31.05.91

Nadja kann sich ein paar Mäuse als Tagelöhnerin verdienen. Sie schreibt für acht Mark in der Stunde mit anderen Dolmetscherinnen Preisschilder für DDR-Waren, die
an die Sowjetunion verhökert werden sollen.

Montag, 10.06.91

Ich sitze wieder im KBA, arbeite aber für das Köpenicker Hochbauamt. Zusammen mit einer jüngeren Kollegin
messe ich eine Schule auf, weil für die vorgesehene Instandsetzung und Modernisierung der Schulgebäude Be-
standsunterlagen benötigt werden.

Donnerstag, 13.06.91

Russland hat gestern seinen ersten Präsidenten gewählt,
er heißt Jelzin. Für westliche Verhältnisse hat er eine satte
Mehrheit erhalten. Auch seine demokratischen Freunde, die
Bürgermeister von Moskau und Leningrad, sind wieder-
gewählt worden. Mehr als die Hälfte der Leningrader
spricht sich dafür aus, die Stadt an der Neva wieder Sankt
Petersburg zu nennen. Ohne Gorbi wäre das alles nicht
möglich gewesen, aber ihn werden die Völker der (noch)
Sowjetunion heute wohl nicht mehr zu ihrem Präsidenten
wählen. Zwei große ...in sind vor Jelzin schon gescheitert.
Zwei große ...ow wollten das nicht wahrhaben, bastelten

und basteln an dem verkorksten solimus herum. Was wird der dritte ...*in*, was wird Jelzin zuwege bringen?

Lenins Fehler war, Marx zu glauben, es könnte eine „Diktatur des Proletariats" geben. Das Proletariat ist normalerweise eine Mehrheit in der Gesellschaft. Diktatur wird jedoch in der Regel von einer Minderheit oder gar einem Einzelnen ausgeübt. Die Diktatur der Mehrheit gilt gemeinhin als Demokratie, unter der Minderheiten aber oft genug auch zu leiden haben. Bisher hat es nirgendwo ein Proletariat gegeben, das in der Lage gewesen wäre, die Marxsche Diktatur zu verwirklichen. Vielmehr war – und ist! – bisher jede „Diktatur des Proletariats" die Diktatur von Parteifunktionären, manchmal nur von dem Mann an der Spitze.

Sonntag, 16.06.91

Nadja soll im Monat hundert D-Mark Unfallumlage bezahlen. Sie hat eine Mahnung aus Hamburg bekommen. Der Brief war nur zwei Tage unterwegs – das gibt es also auch. Die Hamburger haben Nadja bei der Fleischindustrie angesiedelt. Dabei ist sie doch bislang nur eine durchaus erfolgreiche, aber dennoch arbeitslose freischaffende Russischdolmetscherin, die sich nach einem flüchtigen Blick in das bundesdeutsche Steuerrecht ein mittelschweres Nervenflattern zugezogen hat.

Ich bin nun dabei, den Unfallumlagerern mitzuteilen, dass Nadja es noch nicht bis zur Fleischindustriellen gebracht hat. Das Studium der dargereichten Umlageunterlagen beschäftigt mich den halben Nachmittag. Wie es aussieht, sind die Wessis nicht nur die besseren Deutschen, sondern auch die besseren Bürokraten.

Montag, 17.06.91

Damals, im Juni 1953, war das DDR-Volk zum ersten Mal auf der Straße. Der Westen feierte den 17. Juni als Volksaufstand in der Zone, für uns war das Volksbegehren ein „konterrevolutionärer Putsch" – oder hatte es zu sein.

Wir Studenten der Arbeiter-und-Bauern-Fakultät Greifswald saßen zu der Zeit mitten in der Jahresabschlussprüfung. Mit zweihundert Mark Stipendium im Monat – zwanzig Mark davon waren für Internatsmiete und Vollverpflegung zu zahlen – durften wir drei Jahre lang für das Abitur büffeln und so dazu beitragen, das bürgerliche Bildungsmonopol zu brechen. Bis über die Ohren mit den Prüfungen beschäftigt, haben wir weder von dem Volksaufstand noch von dem konterrevolutionären Putsch was mitbekommen.

Donnerstag, 20.06.91
Nach einer leidenschaftlich geführten Debatte, die sich über den ganzen Tag hinzieht und in der Wolfgang Schäuble *die* Rede seines Lebens hält, schreitet der Deutsche Bundestag zur Tat: Bonnlin oder Berlonn – das ist hier die Frage. Um neun war der Vorschlag, Regierung in Bonn, Parlament in Berlin, vom Tisch. Statt dessen gilt: Wo du bist, da will auch ich sein. Die Abstimmung dauert fast eine Stunde, dann steht das Ergebnis fest: 320 Stimmen für Bonn, 337 Stimmen für Berlin; die Stimmenthaltungen gehen im Jubel unter. Es lebe Berlonn!

Freitag, 28.06.91
Jetzt hat es auch Jugoslawien erwischt. Slowenien und Kroatien sind dabei, den Vielvölkerstaat zu verlassen. Das passt den Serben natürlich überhaupt nicht in den Kram. Also zieht die serboslawische Volksarmee das nächste Herbstmanöver vor und manövert – im scharfen Schuss versteht sich – ein wenig in Slowenien rum. Das wird aber wohl den Zerfall des schönen Adrialandes genauso wenig aufhalten wie die Manöver der Russen im Baltikum den der ruhmreichen Sowjetunion.

Dienstag, 09.07.91
Die exsozialistischen Liedermacher Reinhold Andert und Wolfgang Herzberg haben einige Monate lang das Ehepaar

Honecker interviewt und Ende des vergangenen Jahres das Buch „Der Sturz" veröffentlicht. Darin verkündet EHo auf Seite 336: „Die Sowjetunion kann sich anstrengen wie sie will, sie wird nie die wirtschaftliche Macht dieses Großdeutschland erreichen. Dazu hat es zu großen Vorlauf auf wissenschaftlich-technischem Gebiet." Das hätte mal einer von uns im Parteilehrjahr sagen sollen!

Samstag, 20.07.91

Die jugoslawischen Altsozialisten entlassen Slowenien nun doch in die Unabhängigkeit, oder scheint es nur so?

Mittwoch, 24.07.91

Schwestern und Pfleger der Charité gehen auf die Straße. Sie müssen wie Berufsanfänger mit sechzig Prozent des Lohnes ihrer westdeutschen Kollegen vorliebnehmen; ihr Berufsleben in der DDR hat für die Bestimmer im Westen nicht stattgefunden. Keinem wird es schlechter gehen? Weil du arm bist, musst du früher sterben. Diese Formel der Profitgesellschaft wird für viele von uns wohl eher zutreffen als der fromme Kanzlerwunsch.

Sonntag, 11.08.91

Die Albaner wollen auch was abhaben vom westlichen Wohlstand. Ihr Westen ist Italien. In hellen Scharen landen sie an Apuliens Gestaden. Doch dort sind sie noch weniger willkommen als Ossi in Teutonien. Nach einer handfesten Straßenschlacht werden die Albano-Ossis wieder in ihre Heimat verfrachtet. Das ist aber nur ein Vorgeschmack von dem, was noch auf uns zukommen wird. Die reicheren Länder der armen Welt werden zunehmend damit beschäftigt sein, das Heer der Verzweifelten von ihren Grenzen fernzuhalten.

Donnerstag, 15.08.91

Die Preiserhöhungen läppern sich langsam zusammen. Eine Fahrt mit dem Bus kostet jetzt nicht mehr zwanzig, sondern neunzig Pfennig. Früher bin ich für vierzig Pfennig zum Betrieb gefahren, heute muss ich dafür 1,80 Mark bezahlen. Mit der Miete sieht es nicht besser aus. In den vier Zimmern unserer sozialistischen Hochhauswohnung mit Fernheizung und Warmwasser in unbegrenzter Menge durften wir bisher für ganze 167 Mark im Monat wohnen; jetzt dürfen wir für dieselbe Wohnung an die 700 Eier berappen – und das ist wahrscheinlich noch lange nicht das Ende der Fahnenstange. Mich trifft es aber nicht gleich so hart: Wegen der Kündigung zur Jahresmitte zahlt mir mein Wende-VEB ein Jahr lang eine Abfindung von 535 Mark im Monat.

Samstag, 17.08.91

Der Alte Fritz kehrt mit der gebotenen Ehrerbietung seiner späten Untertanen nach Potsdam zurück. Das ruft in Deutschland und anderswo nun gleich etliche Kritiker auf den Plan. Die Leute befürchten, der preußische Militarismus könnte wieder auferstehen. Aber das ist wohl etwas zu ängstlich gedacht. Im Übrigen wird das Kriegsbeil doch auch vielerorts heftig geschwungen, wenn die Deutschen nicht dabei sind. Der deutsche Mann aber hat längst ein neues Schlachtfeld gefunden: Er schlägt sein Leben jetzt auf der Autobahn in die Schanze – und das entwickelt sich.

Montag, 19.08.91

Schlimme Nachricht: Ausnahmezustand in der Sowjetunion; Panzer rollen durch Moskau. Gorbi macht Urlaub auf der Krim. Putsch? Die Moskauer sind auf der Straße. Jelzin steigt auf einen Panzer und ruft zum Generalstreik auf; er will Gorbatschows Entmachtung verhindern.

Dienstag, 20.08.91

Noch ist Gorbi nicht verloren. In den wichtigsten Städten formieren sich die Demokraten, hier und da wird gestreikt. Teile der Armee stellen sich unter Jelzins Befehl. Gorbis

Saat ist aufgegangen: Das Volk wehrt sich gegen die Machenschaften einer spätstalinistischen Junta.

Mittwoch, 21.08.91

Der Spuk ist vorbei – und Jelzin der Mann des Tages: Er hat Gorbis Perestroika gerettet. Junge Menschen starben, weil sie für die Demokratie eintraten. Die Putschjunta will sich aus dem Staub machen, heißt es und auch, sie sei verhaftet worden. Estland nutzt die Gunst der Stunde und tritt aus der Union aus.

Donnerstag, 22.08.91

Jelzin räumt auf unter den Stalinisten. Anajew und die meisten seiner Juntamitglieder sind verhaftet worden. Innenminister Pugo hat sich bei der Festnahme erschossen. Vor dem Weißen Haus in Moskau läuft eine Riesen-Demo. Jelzin spricht. Siegesjubel.

Gorbi ist wieder in Moskau; er gibt eine Pressekonferenz. Wie ein Sieger sieht er nicht aus. Mitunter macht er lange Pausen zwischen seinen Ausführungen. Ihm werden sehr unbequeme Fragen gestellt. Was bewegt den großen Gorbatschow? Ihn treiben immer noch seine sozialistischen Illusionen um. Er hat nicht begriffen, dass man eine stalinistische Partei nicht reformieren kann, schon gar nicht die KPdSU. Jetzt wird klar, warum Schewardnadse und Jakowlew ihn verlassen haben: Gorbi ist an die Grenzen seiner eigenen Perestroika gestoßen. Aber Jelzin hat den Staffelstab schon fest in der Hand, Jelzin – der Gorbi von heute.

Samstag, 24.08.91

Jetzt überschlagen sich die Ereignisse in der SU wie bei uns im Oktober/November 1989. Jelzin erkennt die Unabhängigkeit Lettlands und Estlands an; die Ukraine tritt aus der Union aus. Das Volk zieht vor die KGB-Gebäude und will in die Akten einsehen. Gorbi tritt als Generalsekretär der KPdSU zurück, lässt das Parteivermögen beschlagnahmen, fordert die Auflösung des Zentralkomitees und verbietet die Betätigung der KP in Armee und KGB.

Sonntag, 25.08.91

Die Freiheit für das Baltikum steht unmittelbar bevor. Etliche Länder wollen die souveränen Staaten diplomatisch anerkennen. Wie schon bei unserer Befreiung steht Ungarn wieder in vorderster Reihe der alten Ostblockstaaten.

Weißrussland erklärt seine Unabhängigkeit. Die Denkmäler der blutroten Helden purzeln. Da bin ich mal gespannt, wie lange der steinerne Wladimir in der deutschen Hauptstadt noch den Platz ziert, der seinen Namen trägt.

Dienstag, 27.08.91

Gorbi kämpft wie ein Löwe um Stalins zerfallendes Zarenreich. Aber dabei brüllt er nicht, eher winselt er. Wenn, sagt Gorbi, wenn es nicht gelingt, die Sowjetunion zu erhalten, werde er zurücktreten. Das wäre bei den Verdiensten des Mannes allerdings höchst bedauerlich, doch sehr viel humaner als das blutige Säbelgerassel der Serben, die sich nicht mit dem Auseinanderbrechen Jugoslawiens abfinden wollen.

Donnerstag, 29.08.91

Aber die jugoslawischen Frauen haben es satt, ihre Männer und Söhne für nichts und wieder nichts Gevatter Hein zu opfern; ein paar mutige gehen auf die Straße. Als man sie in ihrem Bus nicht nach Belgrad fahren lässt, ziehen sie zu Fuß weiter. Vielleicht wäre unsere Welt etwas friedfertiger, wenn die Generäle Röcke trügen.

Freitag, 13.09.91

Der Palast der Republik soll „abgewickelt" werden. Das Schloss will der Senat aber nicht wieder aufbauen, weil die feudale Architektur keine demokratische Tradition verkörpere. Den gleichen Schwachsinn haben die Stalinisten auch verkündet. Für Ulbricht & Co. war deutsche Geschichte nicht viel mehr als Bauernkrieg und Novemberrevolution.

Warum denn haben die Polen ihr völlig zerstörtes Schloss in Warschau wieder aufgebaut? Weshalb wohl sind die Dresdner dabei, ihr Feudalgemäuer in alter Pracht wiedererstehen zu lassen? – Die zahlreichen Touristen aus aller Welt bestaunen in Dresden nicht so sehr den sozialistischen Wohnungsbau, sondern die Prunkbauten des Feudalismus.

Kein Volk kann aus seiner Geschichte aussteigen. Es kann sich nur zu ihr bekennen, sie bewältigen, aus ihr lernen – oder sich lächerlich machen. Wenn der Palast schon weichen muss, dann sollte an seiner Stelle wieder das Schloss stehen – sofern sich einer findet, der das nötige Geld für den Riesenbau auftreibt.

Montag, 23.09.91

Die Blitzgermanisierung der DDR entlädt sich jetzt in nationalistischem oder mehr noch nazistischem Ausländerhass. Woher kommt so was in einem Land, das doch den Faschismus mit der Wurzel ausgerottet haben wollte?

Seit 1933 wurde das Leben der Ostdeutschen von Feindbildern bestimmt. Für die Nazis war so gut wie alles Feind, was nicht deutsch oder nationalsozialistisch war; in der DDR wurde jeder als Klassenfeind gebrandmarkt, dem der Sozialismus nicht gefiel. Einen normalen Umgang mit Ausländern haben die Ostdeutschen nie richtig lernen können. Die Planerfüllungshelfer aus dem Osten lebten in ihren Wohngettos, die aus dem Westen in den Interhotels und den so unverbrüchlich befreundeten Sowjets waren private Beziehungen zu Deutschen verboten, was allerdings persönliche Freundschaften zwischen Russen und Deutschen nicht verhindert hat. Aber davon abgesehen kannte Ossi eigentlich nur fürstlich verordnete Freundschaftstreffen: Es lebe der Sozialismus und so weiter. Davon versteht er was. Anderes und Andere versteht er nicht so recht, nicht mal seinen Bruder Wessi, der ihm doch so ähnlich ist.

Donnerstag, 03.10.91

In Hamburg läuft die Einheitsparty. Gute Reden allenthalben. Freiheitsbarde Biermann gibt ein Konzert und wird vom Fernsehen interviewt. Er sagt genau das Richtige zu den Ausländerhassern in den neuen Bundesländern.

Ach, war das ein großes Gefühl vor einem Jahr. Doch der Rausch ist längst verflogen. Die Einheit ist abgehakt. Jetzt heißt es lernen, mit ihr zu leben.

Samstag, 12.10.91

Viele von uns verwechseln immer noch Freiheit mit Anarchie. Wo man hinsieht, liegt Dreck. Wildost ist voll von Wohlstandsmüll und verlassenen Autos. Aber hätte nicht wenigstens der Trabi ein anständiges Begräbnis verdient?

Samstag, 19.10.91

In der „Super!-Zeitung" setzen sich de Maiziere, Diestel und Gysi für den Jugendsender DT 64 ein. Der Sender hatte 1964 anlässlich eines Deutschlandtreffens der FDJ in Berlin erstmals seine flotten Rhythmen in die verdutzten demoli-Dampfradios gepowert. Das war praktisch die Bankrotterklärung der stalinistischen Kulturpolitik in der DDR. Jetzt soll die Ostberliner Schandschnauze trotz heftiger Proteste vieler Jugendlicher abgewickelt werden.

Dabei ist DT 64 fast so was wie ein Revolutionssender. Erst seit es ihn gab, konnte man im DDR-Rundfunk internationale Hits und englische Texte hören. Darum aufgemerkt ihr teutonischen Profitmissionare: Revolutionen werden gemacht, lange bevor sie gemacht werden. Daran solltet ihr denken, wenn ihr euren „Brüdern und Schwestern" wieder ein Stück Seele aus dem Leib reißt.

Sonntag, 08.12.91

In der Nähe von Brest tagen Jelzin, Krawtschuk und Schuschkjewitsch. Sie wollen ihre Länder verbünden. Seit gestern brütet die Troika hinter verschlossenen Türen. Gorbi ist dabei nicht gefragt. Aber er meldet sich auch ungefragt zu Wort und erklärt in einem Interview: „Ich bin das Zentrum." Hinter dem Reich der Träume beginnt das Reich der Utopie.

Dienstag, 10.12.91

Die Troika hat einen Staatenbund gegründet und die Sowjetunion für nicht mehr existent erklärt. Gorbi wurde davon unterrichtet. Das hat aber nicht viel genützt, das „Zentrum" träumt immer noch von einer neuen Union. Von Rücktritt ist keine Rede mehr und über die Auflösung der Sowjetunion könne nur das Volk befinden. Das Volk befindet schon: Die Parlamente der Ukraine und Weißrusslands stimmen dem Vertrag zu.

Donnerstag, 12.12.91

Die in der historischen Bundestagsabstimmung am 20. Juni 1991 unterlegene Bonnlin-Fraktion will für das Hauptstadtprovisorium Bonn soviel Regierung wie möglich retten. Ginge es nach der Bonnlobby, dann säße die Regierung nach dem Umzug mit dem Kopf in Berlin und mit dem Arsch in Bonn. Deutschland ist dabei, das einzige Land der Welt mit einer Doppelhauptstadt zu werden. So was muss seinen Ausdruck in der Nationalhymne finden:

Lied der Neu-Deutschen

Deutschland, Deutschland, deine Hauptstadt
ist die größte auf der Welt,
wenn auch ihre beiden Teile
nicht sehr viel zusammenhält;
von der Spree bis hin zum Rheine
streckt sich unterm Himmelszelt:
Deutschland, deine Doppelhauptstadt,
ohnegleichen auf der Welt.
Deutschland, Deutschland, deine Hauptstadt
ist die größte auf der Welt.

In eben diese Hauptstadt soll EHo endlich zurückkehren, fordert Jelzin. Bis morgen muss er Russland verlassen haben, sonst wird er ausgewiesen. Das dürfte aber nicht so einfach sein, denn der Flüchtling hat sich gestern vorsorglich in die chilenische Botschaft begeben. So kann er nun am eigenen Leibe erfahren, wie es ist, wenn man, um frei zu sein, eine Botschaft aufsuchen muss.

Nach der Tagesschau springen wir in den Trabi und fahren zum Flughafen Schönefeld. Wir erwarten Nadjas Nichte Vera aus Krasnodar. Die Maschine aus Moskau hat eine halbe Stunde Verspätung.

Vera erzählt uns, was sie alles bewerkstelligen musste, um der deutschen Botschaft ein Visum abzuringen. Sie nimmt eine Woche Urlaub und fährt nach Moskau.

Montag:

Vor der Botschaft stehen drei lange Schlangen: Juden, Deutsche und Russen, fein säuberlich durch Stahlgeländer voneinander getrennt. Vera schlägt sich bis zur Anmeldung durch und erhält einen Termin: in drei Wochen soll sie wiederkommen.

Dienstag:

Neuer Anlauf. Heute darf sie ihren Antrag vorlegen, doch der ist ungültig. Sie muss ein neues Formular ausfüllen.

Mittwoch:

Ohne Tricks und Ellenbogen läuft nicht viel. Der Tag vergeht mit Szenestudien. Problem: Wie überwinde ich die Anmeldung?

Donnerstag:

Die Mafia würde ihr für achthundert Rubel sofort ein Visum besorgen, aber sie will ja noch nach Deutschland fliegen, das kostet auch 'ne Stange Geld.

Freitag:

Das Vorzimmer ist bezwungen, doch damit scheint noch nichts gewonnen. Vera sagt, dass ihre Berliner Verwandten einen Brief an die Botschaft geschickt hätten. Der Mann blättert einige Ordner durch und findet tatsächlich das

Schreiben. Geschafft! Am Dienstag darf sie Ihr Visum abholen.

Freitag, 13.12.91

Das Visum erlaubt Vera vom 10.12.91 bis zum 10.02.92 in Deutschland zu bleiben; Erwerbstätigkeit ist ihr untersagt. Natürlich hat sie nicht acht Wochen Urlaub, aber das stört sie nicht weiter, denn sie möchte am liebsten hier bleiben. Das wird sich aber kaum machen lassen. Asyl wird ihr nicht gewährt werden, es sei denn, in der Visumzeit gelänge in Russland ein stalinistischer Putsch, aber der ist ja grade erst schmählich gescheitert.

Immerhin hat Vera außer dem nicht wahrscheinlichen Putschasyl vier weitere Möglichkeiten, in Deutschland bleiben zu dürfen:

1. Jemand heiratet sie.
2. Jemand adoptiert sie.
3. Sie wird krank und ist nicht transportfähig.
4. Sie kommt in den Knast.

Heiraten scheint die aussichtsreichste Möglichkeit zu sein. Aber wo kriegt Frau innerhalb von acht Wochen einen Bräutigam her? Eine Asylheirat kommt für Vera nicht in Frage, also wird sie wohl Anfang Februar in das abgrundtief versaute Russland zurückkehren müssen. Außer dieser trüben Aussicht ist aber am Freitag, dem 13., nichts Unangenehmes zu vermerken.

Sonntag, 15.12.91

EHo hat Freunde in aller Welt und mindestens sechs in Berlin. Die sechs Berliner demonstrieren vor dem Untersuchungsgefängnis in Moabit für seine Freiheit. Auch in Russland haben sich Menschen für ihn eingesetzt, etliche wollen ihn bei sich aufnehmen. Die Chilenen verweigern ihm auch nur nach massiver Intervention der Bonner Regierung das angestrebte Asyl, obwohl der chilenische Botschafter in Moskau, Almeyda, dem die DDR während der blutigen Pinochet-Diktatur Asyl gewährt hat, tut, was er kann. Nordkorea ist bereit, EHo aufzunehmen, aber er traut sich wohl nicht, die Botschaft zu verlassen. Heute Nacht läuft das zweite Ultimatum der Russen ab.

Donnerstag, 19.12.91

Die Koreaner haben drei Tage lang eine ihrer Linienmaschinen warten lassen, doch am Ende ist sie ohne EHo abgeflogen. Gegen Abend verlautet, er wolle heute noch nach Nordkorea fliegen.

Jelzin übernimmt per Dekret den Kreml und das sowjetische Außenministerium. Mancher in Russland spricht schon vom Zaren Boris, vermeldet Russlandkenner Klaus Bednarz.

Freitag, 20.12.91

Vera macht einen Abstecher nach Braunschweig. Hardi hat sie eingeladen; wir hatten ihm beim letzten Besuch von ihr erzählt. Die beiden sind noch ledig und beschnuppern sich; vielleicht finden sie Gefallen aneinander. Hardi und Vera sind nicht die einzigen, die ein West-Ost-Treffen veranstalten. Vertreter der NATO und des jüngst dahingeschiedenen Warschauer Paktes beschnuppern sich auch. Boris Jelzin schickt eine Grußbotschaft mit dem Wunsch, Russland in die NATO aufzunehmen.

Samstag, 21.12.91

Jetzt hat Gorbi den Rücktritt tatsächlich verpasst. Elf souveräne Republiken gründen in Alma-Ata einen Staatenbund und erklären den Staat Sowjetunion für aufgelöst. Außerdem setzen sie Gorbi ab, indem sie mit der Union auch das Präsidentenamt auflösen.

Die russischen Zaren haben in siebenhundert Jahren ein Riesenreich zusammengeraubt, das seine Rückständigkeit zu Westeuropa trotz aller Bemühungen des Großen Peter nie überwinden konnte. Diesen Missstand will Lenin radikal beseitigen. Gewappnet mit der Marxschen Lehre vom wissenschaftlichen Kommunismus beseitigt er nicht nur die

Ausbeutung des Menschen durch den Menschen, sondern auch die letzte Zarenfamilie und verkündet: Kommunismus – das ist Sowjetmacht plus Elektrifizierung des ganzen Landes.

Doch nicht er drückt der frühsozialistischen Epoche seinen Stempel auf, das tut ein anderer: Stalin. Der steht ganz in der Tradition der Raubzaren. Lenin, Stalin und ihre senilen Nachfolger brauchen siebzig Jahre, um dem Entwicklungsrückstand ihres Reiches mindestens weitere siebzig Jahre hinzuzufügen. Gorbi versucht mit Reformen zu retten, was nicht zu retten ist. In nur sieben Jahren bewirkt er mit Glasnost und Perestroika die Auflösung der Sowjetunion, obwohl er bis zuletzt versucht, den Moloch vor dem Untergang zu bewahren; doch vergebens, die Macht ist am Raub zugrunde gegangen.

Mittwoch, 25.12.91

Gorbi, der „aufgelöste" Sojuspräsident, verabschiedet sich mit einer Fernsehansprache von Freund und Feind. Der Bauernsohn aus Südrussland hat die Menschheitsentwicklung nachhaltig beeinflusst. Keine Politik vor ihm hat soviel Verständigungswillen in die Welt gebracht wie seine Politik des neuen Denkens.

Die Jelzin-Union nennt sich GUS – Gemeinschaft Unabhängiger Staaten. Ihr gehören elf der fünfzehn ehemaligen Sowjetrepubliken an. Georgien denkt über einen Beitritt nach.

Freitag, 27.12.91

Etwa vierzig junge Leute von hüben und drüben besetzen die Brandenburgische Staatskanzlei in Potsdam. Sie wollen den Sender DT 64 retten. Wenigstens eine UKW-Frequenz fordern die streitbaren Demokraten.

Samstag, 28.12.91

Hardi ruft an. Wie es aussieht, hat es gefunkt zwischen den beiden. Nadja fragt natürlich gleich, ob er Vera heiraten will. Jedenfalls möchte Hardi, dass Vera in Braunschweig bleibt.

Montag, 30.12.91

Der „Berliner Kurier" bringt ein Exklusivinterview mit dem zu spät gekommenen Gorbi. Frage: „Sie sind aus der KP ausgeschlossen worden, wie denken Sie darüber?" Gorbatschow: „Das waren rechte Kommunisten. Und wenn Sie mich danach fragen, dass Nina Andrejewa – eine orthodoxe Stalinistin – dabei federführend war, dann sage ich: ‚Das ist wie eine Auszeichnung'." Da mag Gorbi recht haben. Das politische Glaubensbekenntnis der Andrejewa spottet wirklich jeder Beschreibung.

Dienstag, 31.12.91

Am Nachmittag bringt RIAS 1 die Kanzleransprache zum Jahreswechsel. Von „hüben" und „drüben" will der große Kanzler nichts mehr wissen. Da wird er sich aber in Geduld fassen müssen. So schnell wie die DDR untergegangen wird, werden Ost und West nicht zusammenwachsen; das wird dauern – und mancher wird es nicht erleben.

Montag, 06.01.1992

Seit dem ersten Januar gibt es auch den Deutschen Fernsehfunk nicht mehr. Am schlimmsten sind davon die Kinder betroffen. Wie soll man ihnen erklären, dass ihr geliebtes Sandmännchen nicht mehr kommt, wenn sie abends ins Bett gehen? Dürfte man den Kindern denn den Weihnachtsmann wegnehmen oder den Osterhasen? Da regt sich Protest in Mecklenburg-Vorpommern, und es sollte mich nicht wundern, wenn der Norddeutsche Rundfunk über kurz oder lang das Sandmännchen in sein Programm aufnimmt.

Dienstag, 07.01.92

Interflug, DFF, Sandmännchen, Palast der Republik, DT 64 und, und, und – alles abgewickelt. Aber das reicht den

Abwickelaposteln noch nicht: Jetzt werden auch die Länderspiele der Ducke, Streich und Dörner, der Sammer und Kirsten gestrichen, die sie mit der DDR-Nationalmannschaft bestritten haben. Warum so umständlich? Wäre es nicht einfacher, gleich die ganze DDR aus der deutschen Geschichte zu streichen?

Mittwoch, 08.01.92

In Rostock halten zweihundert Jugendliche das Gebäude des Norddeutschen Rundfunks besetzt, sie wollen DT 64 hören, die Unbelehrbaren. Auch die Kleinen sind schon renitent, die Kinder wollen ihr Sandmännchen wiederhaben. Zwanzigtausend Unterschriften wurden dafür gesammelt in Mecklenburg-Vorpommern.

Donnerstag, 09.01.92

Der NDR hat für die Demokratie der Straße kein Verständnis, er lässt sein Haus in Rostock von der Polizei räumen. Du wirst also ein Wessi werden müssen, Ossi, anders wird es wohl nicht gehen.

Freitag, 17.01.92

Das Sandmännchen hat Standhaftigkeit bewiesen: Der NDR gibt klein bei. Die Kinder in Mecklenburg und Vorpommern können ihren liebgewonnenen Abendgruß wieder sehen; aber für DT 64 wird die Luft immer dünner.

Montag, 27.01.92

Hardi und Vera wollen heiraten; Vera ist schwanger. Aber das ist nicht der Grund für die Eheabsicht, vielmehr überlegen sie, wie sie den etwas übereilten Joint Ventura wieder los werden. Hardi verdient nicht viel und Vera gar nichts. Das ist natürlich ein Trauerspiel. Die beiden haben die Dreißig hinter sich, aber so'n kleiner Schnuck in der Wiege: das rechnet sich nicht.

Warum sind in der viel ärmeren DDR trotz Geburtenregelung mehr Kinder geboren worden als in der reichen

BRD? Und warum hat die Einheit den neuen Bundesländern einen so drastischen Geburtenknick beschert? Ist die
soziale Marktwirtschaft am Ende nicht so sozial wie sie
vorgibt zu sein?

Freitag, 28.02.92

Zukunftsangst breitet sich aus. Eisenhüttenstädter Stahl-
arbeiter blockieren die Autobahn, Schiffbauer in Wismar
und Rostock besetzen die Werften, und in Hoyerswerda
versammeln sich vierzigtausend Kohlekumpel; die Männer
und Frauen bangen um ihre Arbeitsplätze.

Samstag, 14.03.92

Vera und Hardi ist es gelungen, alle Formalitäten für ihre
Eheschließung zu erledigen. Das größte Problem war, Veras
Geburtsurkunde möglichst schnell aus Krasnodar herbeizu-
schaffen. Am Montag soll die Trauung sein. Wir müssen
mit der Bahn nach Braunschweig fahren, da der Trabi dabei
ist, seinen Geist aufzugeben. Die Bahnfahrt für drei Perso-
nen ist doppelt so teuer wie die Fahrt mit dem Auto.

Sonntag, 22.03.92

Gestern Neonaziaufmarsch in Leipzig. Sechshundert
Jungnazis aus ganz Deutschland bilden die „Nationale Of-
fensive“. Heute Erfolge der Nazipartei „Nationale Front“
bei Regionalwahlen in Frankreich. Und Ultranationalist
Wladimir Wolfowitsch Schirinowski hat bei der Präsiden-
tenwahl in Russland hinter Jelzin und Ryshkow den dritten
Platz belegt.

Immer wenn die Helfershelfer der Profitmacher nicht
mehr so recht weiterwissen, wittern Nazis aller Couleur
Morgenluft.

Dienstag, 07.04.92

In meinem Wandkalender steht heute ein vortrefflicher
Gedanke von Astrid Lindgren: „Macht verdirbt, das ist ein
menschliches, auf keine Weise parteipolitisch gebundenes

Phänomen. Eine Regierung, welcher Art und Farbe sie auch sein mag, die allzu lange die Macht in ihrer Hand hatte, sollte wegen ihrer eigenen Reinigung eine Weile zur Seite gehen und nachdenken."

EHo, der letzte Botschaftsflüchtling, hat die Wahrheit dieser Worte schon erfahren, dem großen Kanzler steht die Erfahrung noch bevor.

Sonntag, 12.04.92

In dem Maße, wie die Autos auf den Ostberliner Straßen zunehmen, werden Wartburg und Trabant seltener unter ihnen. Der Stadtstau wird zum täglichen Ärgernis. Die intensive Instandsetzung der Verkehrsanlagen gewährleistet eine flächendeckende Ausbreitung der Staus.

Nach dem Profit ist das Auto der ranghöchste Gott in der Ausbeuterordnung. Ihnen, den falschen Göttern, werden Mensch und „Schöpfung" reichlich geopfert.

Montag, 13.04.92

Die Rheinschiene ist heute Nacht wieder mal von einem Erdbeben heimgesucht worden. Aber diesmal hat es wirklich gekracht; beträchtliche Schäden allenthalben. Das im Bau befindliche neue Domizil des Bonner Bundestages hat auch was abbekommen. Will Gott mit diesem Fingerzeig die Christen-Regierung an den Umzug nach Berlin erinnern?

Montag, 20.04.92

Durch Dresden zieht eine Horde Neonazis und feiert Hitlers Geburtstag; die Polizei nimmt über sechzig der zumeist jugendlichen Adolfjünger fest. Aber können die Ordnungshüter das ausbügeln, was Volk und Staat versäumt haben? Da wird wohl mehr als nur Polizei vonnöten sein, um den braunen Unrat auf die Müllkippe der Geschichte zu befördern.

Dienstag, 26.05.92

Seit Jahr und Tag wirft sich Ossi von Ahlbeck bis Boltenhagen mit und ohne in die Ostseewellen, wie es grade kommt. Ohne muss sich ändern, fordert Wessi. Mit Puff und Porno kann er leben, aber ein nackter Arsch am Ostseestrand bringt ihn aus der Fassung, da empört sich seine scheinheilige Katholikenmoral.

Montag, 15.06.92

Heute verlasse ich das KBA nun endgültig; diesmal verhindert keine ABM meine Arbeitslosigkeit. Das Lichtenberger Arbeitsamt sitzt in einem Riesenbau von Mielkes Schnüffelzentrale. Ich würde gerne einen Computerlehrgang besuchen, aber das rechnet sich nicht für einen Achtundfünfzigjährigen. Also fahre ich nach Hause und versuche mir den Computerkram selber beizubringen.

Dienstag, 23.06.92

Da der Trabi keine Zukunft hat, kauft Nadja sich einen Fiat Panda. Die Italiener haben die alte Fahrzeughalle auf der Rhinstraße, in der ich früher nach Trabiersatzteilen angestanden habe, aufgemotzt. Schlangen gibt es hier heute natürlich nicht mehr, und der Panda hat auch etwas mehr zu bieten als der Trabi, von dem wohltönenden Radiorecorder gar nicht zu reden.

Freitag, 26.06.92

Gestern hat der Bonner Bundestag ein gesamtdeutsches Abtreibungsgesetz verabschiedet. Die bigotten Moralhüter von Rhein und Isar sind nicht zum Zuge gekommen. Eine Mehrheit mit Augenmaß erzwingt mit der Fristenlösung einen vernünftigen Kompromiss zwischen dem Schutz des ungeboren und dem des geborenen Lebens.

Samstag, 27.06.92

Die Telekom klotzt noch mehr ran als Straßen-und Häuslebauer. Ab heute sind Ost-und Westberlin auch telefonisch vereint. Einheitsvorwahl für ganz Berlin: 030.

Donnerstag, 02.07.92

Nadja hat sich mit ihrem Panda noch nicht so richtig angefreundet, deshalb fahre ich sie nach Fürstenwalde. Dort will sie sich mit Herrn M. aus Aachen treffen. M. ist Architekt und hat in Brandenburg für sein Ingenieurbüro Aufträge akquiriert. Wegen des bevorstehenden Abzugs der GUS-Truppen aus Deutschland ist im Auftrag des Finanzministers festzustellen, in welchem Zustand sich die russischen Militäranlagen befinden, die die Deutschen den Russen abkaufen werden. Nadja soll bei den gemeinsamen Begehungen dolmetschen und die Feststellungsprotokolle ins Russische übersetzen.

Dienstag, 07.07.92

Der große Kanzler hat sich früher natürlich furchtbar aufgeregt, wenn beispielsweise bei einem Staatsbesuch in der DDR Andersdenkende protestierten und daraufhin sofort von der Polizei rüde abgeführt wurden. Das sei eben Beweis für die Unfreiheit der Bürger im SED-Staat. Hingegen findet er es ganz in Ordnung, wenn jetzt die bayrische Polizei in München bei gleichem Anlass ebenso oder noch schlimmer gegen Andersdenkende vorgeht.

Es scheint so, als wenn es um die Freiheit der Andersdenkenden allenthalben schlecht bestellt ist, auch wenn nicht gleich jeder oder jede von ihnen wie Rosa Luxemburg erschlagen wird.

Dienstag, 14.07.92

Abends kommt Veras Schwager Mischa aus Krasnodar. Der Zug aus Moskau ist pünktlich. In Moskau ein Visum für Deutschland zu beschaffen, erzählt er uns, sei eine Katastrophe und liefe nur mit sagenhaften Schmiergeldern. Genauso sei es beim Fahrkartenkauf. Alles dort würde von der Schiebermafia beherrscht.

Morgen will Mischa zu Vera und Hardi nach Braunschweig fahren. Er möchte in Deutschland für fünfhundert Mark ein altes Auto kaufen und den Wagen zu Hause aufarbeiten.

Dienstag, 21.07.92

Da ich dank der weisen Politik meiner Führer – der früheren wie der heutigen – jetzt viel Zeit habe, fahre ich Nadja ab und an zu den GUS-Liegenschaften. Heute werden wir in die Soldatenkantine zum Mittagessen eingeladen. Es gibt drei Gänge: Zunächst Gurkenscheiben und Tomatenstückchen mit etwas Salz auf einer Untertasse, dann einen Teller dünnen Borschtsch (russische Kohlsuppe), dazu ein paar Scheiben Brot und schließlich eine Portion Bratkartoffeln mit Fleisch. Zum letzten Gang läuft das Quiz: Wer hat das Fleisch? Ich habe gewonnen, doch beinah hätte ich das Stück von der Größe eines Brühwürfels übersehen. Zu dem Essen wird ein Becher Fruchtsaft gereicht.

Die Bratkartoffeln waren etwas lasch, aber das bescheidene Gastmahl hat gut geschmeckt und kostet uns nicht eine einzige Kopeke. Der Arme teilt eben sein letztes Stück Brot mit dir.

Mittwoch, 22.07.92

Mischa und Vera stehen mit einem alten Opel vor unserm Hochhaus. Das ist bei den Baustellen und Umleitungen auf der Autobahn doch schon eine Leistung, zumal beide kaum Deutsch können. Anderthalb Mille hat der Schlitten gekostet Traudchen und ihr herzensguter Freund Poldi haben Mischa mit ein paar Scheinchen unter die Arme gegriffen.

Mittwoch, 29.07.92

Jetzt ist der alte Klassenkämpfer müde geworden: EHo kommt aus der chilenischen Botschaft, reckt noch mal die Thälmannfaust hoch und steigt dann in den Volvo, der ihn zum Flughafen bringt. Zwei Shigulis schirmen ihn vor der Pressemeute ab, die ihn verfolgt.

Am Abend landet eine Aeroflotmaschine mit unserm Oberindianer, so hat Udo Lindenberg den Staatsratsvorsitzenden in seinem „Sonderzug nach Pankow" tituliert, auf dem Flugplatz Tegel. EHo soll jetzt wie seine Mauerschützen vor Gericht gestellt werden.

Sonntag, 02.08.92

Vor vier Tagen hat sich Mischa mit seinem bis unters Dach vollgepackten Opel nach Frankfurt an der Oder in Bewegung gesetzt. Von dort ist er im Konvoi mit anderen bis Rostow am Don gefahren; die Tour alleine zu wagen, wäre bei den vielen Spitzbuben und Wegelagerern zu gefährlich.

Heute ruft seine Frau Nina an: Mischa und sein Opel haben die dreitausend Kilometer von Berlin bis Krasnodar unbeschädigt überstanden.

Donnerstag, 06.08.92

Wir sind auf dem GUS-Flugplatz Brand südlich von Berlin. Das ist eine riesige Militäranlage mit kilometerlangen Rollbahnen, zahlreichen Dienstgebäuden und mehr als zwanzig großen Wohnblöcken. Die meisten Familien haben das Militärstädtchen schon verlassen. Vor manchem Haus steht noch ein Container, hier und da auch ein alter Westwagen. Die Heimkehrer nehmen alles mit, was nicht niet- und nagelfest ist, nur ihre Katzen – die lassen sie hier.

In einer Wohnung finden wir eine hübsche schwarze Mulle mit zwei Jungen, die jämmerlich schreien. Wahrscheinlich hungert die Alte schon eine Weile und hat deshalb wenig Milch. Da wir in den Liegenschaften schon öfter hungrige Katzen angetroffen haben, nehmen wir jetzt immer etwas Milch und Katzenfutter mit. Die Schwarze umschmust zutraulich meine Beine, und ich gieße ihr einen halben Liter Milch in eine Blechschale. Während ich eine Büchse whiskas öffne, fängt sie an zu schlecken. Doch bald steigt ihr der Fleischgeruch in die Nase, und sie schlingt hastig ein paar Brocken runter. Dann läuft sie zu ihren hungrigen Babys und legt sich zum Stillen unter die alte

Couch. Als die Katze den Kopf nach mir wendet, scheint so was wie Dankbarkeit in ihrem Blick zu liegen.

Bevor wir nach Hause fahren, schauen wir noch mal nach der verlassenen Katzenfamilie. Sie ist eine gute russische Mutter, unsere Schwarze, und liegt satt und zufrieden bei ihren Jungen. Erst jetzt bemerken wir, dass sie nicht nur zwei, sondern vier Kinder hat. Auch die scheinen satt zu sein, denn sie schreien nicht mehr. Ja, so ist es wohl: Mancher auf dieser Welt ist schon glücklich, wenn er nur jeden Tag was zu futtern hat.

Montag, 24.08.92

In Rostock tobt eine wilde Schlacht. Seit Freitag versuchen jeden Abend an die tausend Neonazis ein Asylantenwohnheim zu stürmen. Wie in Hoyerswerda, wo vor einiger Zeit ein ähnlicher Exzess für Aufsehen sorgte, klatschen viele Bewohner der umliegenden Häuser den Gewalttätern Beifall. Die Polizei hat über hundert der Nazis festgenommen, aber die Glatzen sind gut organisiert und setzen am nächsten Abend mit Gleichgesinnten aus Hamburg und Berlin ihr schändliches Treiben fort. Wie es scheint, ist Rostocks Polizei den brutalen Angriffen der jungen Nazischläger nicht gewachsen. Sie erhält Verstärkung aus anderen Städten und vom Bundesgrenzschutz. Schließlich wird das Asylantenheim geräumt, und dann, als es leer ist, von der Nazihorde in Brand gesteckt. Da wird sich die deutsche Politik nun aber was einfallen lassen müssen!

Mittwoch, 09.09.92

Da das Liegenschaftsteam nach zwei Wochen Unterbrechung heute wieder in Brand arbeitet, fahre ich mit, um mal nach den Miezen zu sehen. Vor dem Haus der Schwarzen fleht uns mit traurigen Augen ein Dutzend ausgehungerter Katzen um Futter an. Die Jungen sind alle tot und liegen halb aufgefressen im Treppenhaus herum. Ihre Mutter ist nirgendwo zu sehen.

Samstag, 12.09.92

Der Katzenjammer bedrückt mich; mit einem Sack voll Futter fahre ich nach Brand. Die Schwarze sitzt vor dem Haus, in dem ihre Kinder gestorben sind, einige der anderen Katzen kommen herbeigerannt. Die armen Tiere hauen rein wie die Scheunendrescher. Ich passe auf, dass die Katzenmutti sich richtig satt fressen kann.

Dienstag, 15.09.92

Heute lässt sich kaum ein Katzentier blicken. Wir suchen unsere Schwarze. Ein Wachmann erzählt uns, am Sonntag wäre jemand aus Lübben gekommen und hätte die Katzen abgeschossen. Alle hat er aber nicht erwischt; hier und da huscht eine ängstlich in die Büsche. Unsere leidgeprüfte Katzenmutti finden wir nicht. Ist sie schon bei ihren Kindern im Katzenhimmel?

Vielleicht hatten auch die Katzen von Brand auf Asyl gehofft in Deutschland, doch die Hoffnung erfüllt sich nicht für jeden.

Montag, 05.10.92

Wahrscheinlich bin ich ein ausgesprochener Wendeglückspilz: Seit Montag darf ich wieder arbeiten. Diesmal hat mir das Bezirksamt Köpenick zu einer ABM verholfen. So fahre ich jetzt jeden Tag ins Köpenicker Hochbauamt und wirke sozusagen daran mit, den neuen Landschaften der BRD das Blühen beizubringen. Zunächst plane ich die Modernisierung der Toilettenanlagen des Schulamtes. Da ich darin ungeübt bin, zieht sich das hin, wie sich die blühenden Landschaften hinziehen, das heißt, eigentlich ziehen sie sich noch nicht hin, weil sie sich eben noch etwas hinziehen. – Na gut, Rom wurde auch nicht an einem Tag erbaut.

Montag, 12.10.92

Die alte Ossi-Mann- oder besser -Frauenschaft in meiner Plushalle kassiert jetzt an neuen Westkassen. Als ich dran bin, vertippt sich die Kassiererin und weiß nicht weiter. Sie fragt ihre Nachbarin, aber dann streikt das Preislesegerät. Jetzt zeigt sich, dass die arme Frau an der Kasse überhaupt keine Ahnung hat, dennoch drückt sie wagemutig einige Knöpfe. Ich packe meine Sachen wieder in den Wagen und stelle mich an der nächsten Kasse an. Doch der Wagemut meiner Erstkassiererin hat überraschende Folgen: Die drei restlichen Kassen haben auch aufgehört zu rattern. Neue Kunden nehmen das Kassenstillleben staunend zur Kenntnis und drehen dann ab. Aber Gottes Wege sind wunderbar: Plötzlich und unerwartet klackern die Kassen wieder.

Seltsamerweise rege ich mich überhaupt nicht auf. Warum auch, im rex solimus habe ich schließlich jeden Tag auf irgend etwas warten müssen, und das vierzig Jahre lang, da kommt es auf die vierzig Minuten auch nicht mehr an.

Sonntag, 08.11.92

Die demokratische Mehrheit der Deutschen will die brutale Gewalt einer kleinen Minderheit gegen Ausländer nicht länger tatenlos hinnehmen. In Berlin findet eine Protestveranstaltung von Demokraten aus ganz Deutschland statt. Sascha, der jetzt lieber Alex genannt werden möchte, weil er ja Alexander heißt, hat keine Lust mitzukommen.

Die S-Bahn ist knüppeldicke voll und an der Gethsemanekirche kann man kaum noch treten. Es ist eins durch. Der Zug hat sich schon formiert. Ich versuche, an die Spitze zu gelangen, aber erst auf der Schönhauser bin ich schneller als die endlose Marschkolonne. Aus einem Lautsprecherwagen verkündet eine junge Frau linke Propaganda. Ab und an ruft es aus dem Demozug „aufhören!" und „buuuh!", hier und da pfeift einer. Dann hört der Protest wieder auf, und die Frau verkündet ungerührt weiter ihre Thesen. Junge Linke verteilen Flugblätter.

Als ich schon ein ganzes Stück gelaufen bin, sehe ich einige Glatzen in Bomberjacken und Nagelschuhen rumstehen, auch ein Mädchen ist bei ihnen. Sonst habe ich aber keine Rechten bemerkt; Links ist dagegen stark vertreten. Einige Häuser – wahrscheinlich sind sie besetzt – grüßen mit dem roten Sowjetstern und entsprechenden Losungen.

Kurz vor zwei bin ich am Luxemburg-Platz, aber immer noch nicht an der Spitze des Zuges. Im Walkman sagt der RIAS-Reporter, dass die Letzten den Platz vor der Gethsemanekirche grade verlassen haben. Ich stürme weiter. Vor der Markthalle auf der Liebknecht-Straße habe ich die Zugspitze endlich erreicht. Ziemliches Gedränge hier und irgendein Krawall. Der Bundesgrenzschutz ist stark vertreten und fotografiert eifrig in die Runde. Auch im Zug marschieren Grenzschützer mit. Am Straßenrand steht hin und wieder die Polizei.

Gegen halb drei bin ich im Lustgarten, der ist gut besucht. Meterhohe Tonsäulen machen einen Heidenlärm. Ich drängle mich erst zur Bühne vor und dann rüber zum Marx-Engels-Platz. Dort stehen etwa hundert Busse aus den neuen und den alten Bundesländern; ein Bus kommt aus Dänemark.

Das Bühnenprogramm wird auf einem Riesenbildschirm übertragen. Auf der Treppe des verwaisten Palastes der Republik finde ich einen Platz, von dem aus ich das Treiben auf dem Bildschirm gut verfolgen kann. Nach dem Kulturprogramm und der Ansprache einer Frau wird der Bundespräsident angekündigt.

Er hat noch keine drei Sätze gesagt, da geht ein Gejohle und Gepfeife los, Polizisten mit Schutzschilden stürmen auf die Bühne und stellen sich schützend vor den Präsidenten, der mit Gegenständen beworfen wird. Rufe werden laut: Deutschland! Deutschland! Dann fallen die Lautsprecher aus. Im Walkman höre ich, dass der Präsident weiterspricht. Jetzt ist auch der große Bildschirm dunkel.

Die Menge wehrt sich mit Buhrufen gegen die Störenfriede. Es ist schon kurios: Mehr als hunderttausend Demokraten bringen friedlich ihren Protest gegen Gewalt und Ausländerfeindlichkeit zum Ausdruck und einige hundert Chaoten vom linken und vielleicht auch vom rechten Rand der Gesellschaft wollen der Riesenmehrheit ihren terroris-

tischen Willen aufzwingen. Da wird die wehrhafte Demokratie sich wohl künftig etwas heftiger wehren müssen gegen ihre Verderber, ganz gleich aus welcher politischen
Ecke sie kommen.

Nach etwa zehn Minuten sind Bild und Ton wieder da,
und der Präsident hält trotz der Störungen, die andauern,
seine Rede. Richard von Weizsäcker sagt das Nötige, wie
man es von ihm gewohnt ist, und erhält aus der Menge viel
Beifall.

Später, als ich schon zu Hause bin, zitiert der RIAS Stimmen zur Demo, die von einer gescheiterten Veranstaltung
sprechen. Da bin ich andrer Meinung. Der Berliner Protest
ist doch mindestens ein Anzeichen dafür, dass die Mehrheit
der Bevölkerung des vereinten Deutschlands Ausländerfeindlichkeit, Gewalt und jede Art von Nazismus ablehnt.
Daran ändert eine Handvoll Krakeeler nicht das Geringste.

Dienstag, 10.11.92

Bis auf Herrn Streibl aus Bayern haben die Demokraten
in Deutschland das Signal aus Berlin verstanden: Wir lassen
uns unsere Demokratie nicht kaputtmachen und wir werden
mit Ausländern friedlich zusammenleben; mit denen, die
schon da sind, und auch mit denen, die vielleicht noch
kommen werden.

Anlässlich des Jahrestages der Pogromnacht am 9. November 1938, von den Nazis Reichskristallnacht genannt,
finden in vielen Städten und Gemeinden Gedenkveranstal-
tungen statt. In Köln kommen Zehntausende zu einem tol-
len Rockkonzert gegen Rechts. Wunderbare Stimmung, alles ganz friedlich. Volksschauspieler Willi Millowitsch hat
vor Rührung Tränen in den Augen. Hier haben jedwede
Krawallmacher nicht den Hauch einer Chance.

Dienstag, 01.12.92

In Mölln hat vor einer Woche ein Wohnhaus gebrannt.
Eine türkische Frau und zwei türkische Mädchen sind bei
dem Brand umgekommen. Heute wurden die Brandstifter

gefasst. Sie bekennen sich zu ihrer Schandtat: ein neunzehnjähriger Jüngling aus Mölln und ein fünfundzwanzigjähriger Naziführer aus der näheren Umgebung der Stadt.

Woher haben die jungen Menschen einen so menschenverachtenden Hass? Warum bin ich in der Ulbricht-Honecker-Diktatur ein Demokrat geworden und warum konnten sie in der Adenauer-Kohl-Demokratie Naziterroristen werden?

Sonntag, 06.12.92

Tausende Adventskerzen und eine endlose Menschenkette in den Straßen von München sind die bewegende Antwort der friedlichen Mehrheit auf den Terror der glatzköpfigen Minderheit. Mindestens in der Metropole Bayerns denken etliche Menschen anders über Ausländer in Deutschland als Herr Streibl von der CSU.

Montag, 07.12.92

Nach fünfzig Stunden Verhandlung glauben die Regierungsparteien und die SPD einen Weg gefunden zu haben, den ständig wachsenden Zustrom von Ausländern nach Deutschland eindämmen zu können. Im Januar soll der Bundestag die erforderlichen Gesetze beraten und verabschieden.

Kapituliert die Regierung vor dem Naziterror? Das anzunehmen, wäre wohl etwas zu kurz gedacht. Vielmehr scheint sich die Einsicht durchzusetzen, dass Deutschland nicht in dem Maße die Not dieser Welt lindern kann, wie sich das viele Arme und Bedrängte erhoffen. Außerdem sollten auch vor allem jene Länder zur Kasse gebeten werden, die mit kolonialer und imperialistischer Unterdrückung anderer Völker in besonderem Maße für das heutige Flüchtlingselend auf der Erde verantwortlich sind.

Donnerstag, 14.01.1993

EHo hat eine Weile neben seinen Genossen vom Nationalen Verteidigungsrat der Deutschen Demokratischen Republik auf der Anklagebank eines Berliner Gerichtes der Bundesrepublik Deutschland gesessen und sich dann – wie etliche der zumeist alten Männer vor ihm schon – aus gesundheitlichen Gründen verabschiedet.

Heute ist er in Santiago de Chile gelandet. Seine Frau, seine Tochter und chilenische Freunde nehmen ihn auf dem Flughafen in Empfang. Er bezeichnet seine Ankunft in Chile als „mein Sieg". Doch Eingeweihte sind der Meinung: zurück zu Margot – das sei die Höchststrafe.

Sonntag, 09.05.93

Ich bin immer noch dabei, Bücher ehedem verfemter Autoren, wie Janka oder Leonhard, zu lesen: höchst aufschlussreich. Und Trotzkis „Verratene Revolution" ist gradezu ein ideologischer Leckerbissen. Wenn man Trotzkis Bücher liest, vor allem das, was er über Stalin schreibt, ahnt man, warum der blutige Jossif den unerbittlichen Kritiker im mexikanischen Exil hat erschlagen lassen.

In dem 1936 erschienenen Bestseller „Verratene Revolution" schreibt Trotzki (Arbeiterpresse Verlag Essen 1990, S. 257 f.): „Die UdSSR ist eine zwischen Kapitalismus und Sozialismus stehende, widerspruchsvolle Gesellschaft, in der ... die Weiterentwicklung der angehäuften Gegensätze sowohl zum Sozialismus hin als auch zum Kapitalismus zurückführen kann ..." Und an anderer Stelle (S. 236): „Ja, sogar eine militärische Niederlage der UdSSR wäre im Falle des Sieges des Proletariats in anderen Ländern nur eine kurze Periode. Umgekehrt aber wird kein militärischer Sieg das Erbe der Oktoberrevolution retten können, wenn in der übrigen Welt der Imperialismus sich behauptet."

Über dieses „Umgekehrt" wird heute, am 48. Jahrestag des großen militärischen Sieges, mancher in den Ländern des zerfallenen Stalinreiches nachdenken, und mancher würde wahrscheinlich staunen, wenn er erführe, dass der vielleicht bedeutendste Kopf der russischen Linken den Zusammenbruch der rumreichen Sowjetunion schon 1936 vorausgesagt hat.

Donnerstag, 27.05.93

Mit reichlicher Zweidrittelmehrheit beschließt der Bonner Bundestag eine Ergänzung zum Asylparagraphen im Grundgesetz. Die PDS, die BündnisGrünen, ein paar Abgeordnete der Freien Demokraten, ein paar mehr von der SPD und alle Chaoten sind dagegen. Die Regierung hofft, mit Hilfe der Verfassungsänderung endlich den überhandnehmenden Asylmissbrauch in den Griff zu bekommen.

Samstag, 29.05.93

Die Jungnazis fackeln weiterhin Häuser ab, diesmal in Solingen. Fünf türkische Frauen und Mädchen sterben in den Flammen der Brandstifter.

Wie muss es um ein Volk bestellt sein, in dem nur ein halbes Jahrhundert nach dem größten Weltenbrand der Menschheitsgeschichte, angezettelt von eben diesem Volk, junge Menschen heranwachsen, die Adolf Hitler feiern und Frauen und Kinder verbrennen, nur weil sie keine Deutschen sind! So ganz scheint die Entnazifizierung der Deutschen wohl nicht gelungen zu sein.

Donnerstag, 03.06.93

In Köln findet eine Trauerfeier für die fünf ermordeten Türkinnen statt. Bundespräsident von Weizsäcker: „Wenn Jugendliche zu Brandstiftern und Mördern werden, dann liegt die Schuld nicht allein bei ihnen, sondern bei uns allen." Der große Kanzler nimmt an der Trauerfeier nicht teil, obwohl er vielleicht mehr Grund dazu hätte als der Bundespräsident.

Sonntag, 06.06.93

Nach längerer Instandsetzung wird heute der Berliner Dom geweiht. Bei dem Pfaffenspektakel darf der Kanzler natürlich nicht fehlen, schließlich ist der Mann ja Christ.

Vor dem Dom wird der „Schwarze Riese" von fünfhundert „Protestanten" mit Eierwürfen und Spruchbändern begrüßt. „Die Biedermänner sind die Brandstifter", wird ihm entgegengehalten. Einige Kohlgegner durchbrechen die Absperrung und hindern den Kanzler und Bürgermeister Diepgen am Betreten des Domes; die Polizei hilft den beiden aus der Not. Luthers Protestantismus scheint jedenfalls mehr vor dem Dom als innen drin stattzufinden.

Samstag, 26.06.93

Das Geld wird knapp in Deutschland, dem vereinten, weil der Aufschwung Ost mit dem Abschwung West zusammenfällt. Zunächst hatte die friedliche Revolution in der DDR der kriselnden BRD-Wirtschaft ja kräftig unter die Arme gegriffen, aber das funktioniert jetzt nicht mehr; sparen ist angesagt.

Der Berliner Senat will einige subventionierte Kultureinrichtungen schließen, darunter das legendäre Schillertheater. War der Musentempel sonst eher leer, ist er jetzt gestrichen voll und das die ganze Nacht durch bis sechs Uhr in der Früh. Schauspieler und Freunde des Hauses wollen die Schließung des Theaters verhindern. Doch wer gegen Gott Mammon antreten muss, der verliert meistens schon, wenn die Kassen voll sind, wird er da eine Chance haben, wenn das Geld alle ist?

Montag, 28.06.93

Der Geldmangel in Deutschland betrifft aber nur die öffentlichen Kassen und die armen Schlucker, ansonsten sind die Geldbörsen wohl gefüllt. Dieser Umstand zieht allerlei dunkle Existenzen an: Mafiosi aus Russland und Vietnam – die aus Italien sind schon länger da –, Autodiebe aus Polen, Räuberbanden aus Rumänien und jede Menge Kleinkriminelle von wer weiß woher. Dazu kommt die gestandene Truppe einheimischer Verbrecher. Sie alle sorgen dafür, dass bei der deutschen Polizei keiner arbeitslos wird. Und jetzt fangen auch noch die geschundenen Kurden an, ihren Überlebenskampf gegen die Türken auf Deutschland auszudehnen.

163

Vielleicht sollte man all den Spitzbuben, Räubern, Gaunern und Betrügern ein Schnippchen schlagen und den ganzen, so begehrten deutschen Reichtum an die ärmsten Länder verteilen. Dann könnten die Armutsflüchtlinge in ihrer Heimat bleiben, und das organisierte Verbrechen würde sich aus Deutschland zurückziehen, weil es dort ja nichts mehr zu holen gäbe. Abwicklung des deutschen Establishments – wäre das nicht eine schöne Aufgabe für die Treuhand? Erfahrung im Abwickeln hat sie ja inzwischen.

Montag, 12.07.93

Sind Kapitalverbrechen im Westen seit langem an der Tagesordnung, stellen sie im Osten doch ein gewisses Novum dar. Mancher Neubundesbürger ist allerdings der Meinung, dass die Treuhand in den neuen Bundesländern mehr Schaden anrichtet als das organisierte Verbrechen.

Bei Bischofferode im thüringischen Eichsfeld liegt ein gutes Dutzend Kalikumpel seit knapp zwei Wochen untertage im Hungerstreik. Ihr Betrieb soll plattgemacht werden. Dabei könnte der Laden laufen. Genügend Aufträge liegen vor und ein Käufer ist auch in Sicht. Aber die Treuhand will das Kaliwerk der westdeutschen Konkurrenz zuschaukeln. Die ehemaligen Brüder und Schwestern des Westunternehmens würden dann schnell feststellen, dass die Ostgrube sich nicht rechnet, und die Kalikumpel lägen auf der Straße. So wächst eben zusammen, was zusammengehört.

Freitag, 16.07.93

Bonn hat den Streikenden ein Angebot unterbreitet: Alle siebenhundert Mitarbeiter werden garantiert zwei Jahre lang beschäftigt, wenn sie mit der Stilllegung der Grube einverstanden sind. Nach einer Abstimmung wollen aber über neunzig Prozent der Kumpel ihre Kaligrube erhalten. Also wird der Hungerstreik fortgesetzt; auch die Ehefrau eines Bergmanns fährt mit ein.

Vielleicht hat nach den Regeln kapitalistischer Profit-maximierung die Grube wirklich keine Überlebenschance, aber hier geht es nicht mehr nur um eine Betriebsstilllegung. Die Kalikumpel von Bischofferode drücken mit ihrem Hungerstreik den Aufschrei der empörten Ossiseele aus: Bis hierher und nicht weiter!

Samstag, 17.07.93

Katastrophensitzung der Erfurter Landesregierung. Sie bietet den Bergleuten für unbegrenzte Zeit einen Arbeitsplatz an, wenn die Kumpel ihre Grube aufgeben. Doch die denken nicht daran. Wieder schließt sich eine Frau den Streikenden an. Aus Berlin kommt ein alter Mann und beteiligt sich an der Protestaktion.

Sonntag, 25.07.93

„Vieles wäre besser gelaufen, wenn wir schon vor drei Jahren Berlin als funktionierende Hauptstadt gehabt hätten ... Der Westen kämpft um die Bewahrung der alten Zustände, während der Osten lernfähig ist."

Sind diese Worte die späte Einsicht des großen Kanzlers? Oder sind sie gar das reumütige Bekenntnis der Bonner Gartenzwerge? Weit gefehlt! Eine derart ehrliche Beurteilung der deutschen Befindlichkeiten aus den Reihen der Regierenden ist nur von einem zu erwarten: Richard von Weizsäcker. Der Bundespräsident hat sofort begriffen, dass Bischofferode mehr ist als das Problem des Arbeitsplatzes einiger hundert Kalikumpel. Er sieht vermutlich, dass der Einigungsprozess der Deutschen in West und Ost jetzt knallhart am Scheideweg steht: Entweder geht es in absehbarer Zeit wirklich keinem schlechter im Osten, oder Erichs Homeland wird der deutsche solimus-Zoo werden, den Wessi immer mal aufsucht, um die Affen zu füttern, die dort – vermeintlich! – vierzig Jahre lang den Sozialismus aufgebaut haben.

Sonntag, 01.08.93

In Bischofferode findet der zweite Aktionstag statt. Zehntausend Menschen aus ganz Deutschland erklären sich mit dem Kampf der Kumpel um ihre Kaligrube solidarisch. Prominentester Teilnehmer an der Aktion ist der stellvertretende SPD-Vorsitzende Wolfgang Thierse. Auch Bundestagspräsidentin Rita Süssmuth hat ihre Teilnahme zugesagt, lässt sich dann aber von ihren Parteifreunden „überzeugen", nicht nach Bischofferode zu fahren; was Wunder, ist ihr Parteichef doch oberster Sachwalter des Kapitals.

Samstag, 14.08.93

Im hessischen Fulda treffen sich neue und alte Nazis, um den Geburtstag von Hitlers Stellvertreter Heß zu feiern; natürlich mit Krawall auf Naziart. Und die Fuldaer Polizei hat nichts wichtigeres zu tun, als die zahlreichen Demokraten davon abzuhalten, dem braunen Spuk ein Ende zu machen.

Demokratie heißt auf deutsch Volksherrschaft und ist ein Fremdwort – in Deutschland.

Montag, 13.09.93

Nach zwei Amtsperioden darf Richard von Weizsäcker nicht wieder für das Präsidentenamt kandidieren. Da sich die Parteien nicht auf einen gemeinsamen Kandidaten einigen können, versucht jede Partei in den eigenen Reihen eine geeignete Person für das hohe Amt zu finden. Der große Kanzler schlägt für die CDU/CSU Steffen Heitmann vor. Das löst allgemeine Verwunderung aus, denn besagter Heitmann ist weithin unbekannt in Deutschland; außerdem ist er sächsischer Innenminister. Ich kann mir nicht vorstellen, dass der Mann Nachfolger eines Richard von Weizsäcker werden könnte.

Sonntag, 10.10.93

Friedrich Schorlemmer, Pfarrer in Lutherstadt Wittenberg, erhält den Friedenspreis des Deutschen Buchhandels. Die ARD überträgt den Festakt aus der Paulskirche zu

Frankfurt am Main. Schorlemmer ist von ähnlich aufmüpfiger Art wie sein großer Vorgänger Martin Luther; die DDR-Oberen hatten ihre liebe Not mit ihm.

Natürlich lässt es sich ein Geist wie Richard von Weizsäcker nicht nehmen, einem solchen Prediger des Wortes *und* der Tat die Laudatio zu halten. Eine bedeutende Rede, wie alle seine Reden zuvor. Aber Schorlemmer, der Teufelskerl – Pardon: der Gottesmann, setzt noch eins drauf. Seine Rede ist ein Erlebnis; seine Moral aller Ehren wert. Da frag ich mich: Warum schlägt der große Kanzler nicht einen solchen Mann als Kandidaten für das Amt des Bundespräsidenten vor? Fehlt dem wackeren Wittenberger vielleicht das richtige Parteiabzeichen?

Freitag, 15.10.93

Was für ein Leben! Vor drei Jahren noch Strafgefangener Nummer eins der Apartheid-Rassisten, heute Friedens-Nobelpreisträger: Nelson Mandela – ein Mensch wie ein Gott. Keiner hat den Preis so verdient wie er.

Freitag, 05.11.93

Die Rennrodel-Nationalmannschaft der USA trainiert im thüringischen Oberhof für den Welt-Cup, der dort im Januar stattfinden soll. Abends in der Disko wollen Skinheads einen Schwarzen der Mannschaft verprügeln, aber sein weißer Sportfreund steht ihm bei. Da schlagen die Skins auf den Weißen ein. Doch die amerikanischen Rennrodler sind nicht zimperlich und haben das Herz auf dem rechten Fleck.

„An meinem Deutschlandbild hat sich durch die Schlägerei nichts geändert", erklärt Duncon Kennedy, der seinen Sportfreund Robert Pipkins beschützt hat. „Ich wünsche mir nur, dass dieser Vorfall entsprechend zur Kenntnis genommen wird. Es muss allen klar werden, dass man gegen solche Typen was tun muss." Und Pipkins ergänzt: „Auch ich gehe an den Start. Denn wir werden es nicht zulassen, dass solche Feiglinge uns davon abhalten, unseren Sport in Deutschland auszuüben."

Samstag, 18.12.93

Während die Stahlkocher in Eisenhüttenstadt jubeln, weil „Europa" ihnen erlaubt weiterhin Stahl zu kochen in ihrer Hütte, können die Kalikumpel von Bischofferode nur noch beten. Alle, von denen sie Hilfe erhofft hatten, haben sie im Stich gelassen. Aber wir wissen ja: Bist du Gottes Sohn, so hilf dir selbst.

Mittwoch, 22.12.93

Zwei Drittel der Kumpel von Bischofferode stimmen dafür, ihre Grube zu besetzen. Sie wollen den Kaliabbau jetzt in eigener Regie betreiben, um so zu verhindern, dass die Grube geschlossen wird. Das wäre dann so eine Art Sozialismus von unten, ohne Politbüro und Nomenklatura. Aber der wird gegen die Allmacht des Kapitals genauso wenig ausrichten können wie der eben erst gescheiterte.

Mittwoch, 11.05.1994

Der scheidende Bundespräsident Richard von Weizsäcker wirft der Bundesregierung vor, sie hätte bei der Wiedervereinigung viele Fehler gemacht. Die Westdeutschen wären im Winter 1989/90 bereit gewesen, für die Einheit Opfer zu bringen, das wäre nicht in Anspruch genommen worden; statt dessen hätte sich der Staat für den Aufbau Ost gigantisch verschuldet. Auch mit den Ossis wäre man nicht richtig umgegangen, gewiss wollten sie die Marktwirtschaft, aber „nicht von heute auf morgen ihr ganzes Leben mit seinen Werten und Zielen durch die Kraft des Ellenbogens oder durch Preise definiert sehen".

Ich bedaure natürlich sehr, dass Richard von Weizsäcker nicht mehr mein Präsident sein darf, aber der große Kanzler wird seine Tränen wohl zurückhalten können. Dürfte das deutsche Volk seinen Präsidenten direkt wählen, dann würde Richard von Weizsäcker vielleicht sehr viel länger Präsident sein, als Helmut Kohl Kanzler ist.

Montag, 23.05.94

Der Kanzlerwunsch geht nun doch nicht in Erfüllung: Steffen Heitmann hat noch rechtzeitig mitbekommen, dass die Mehrheit der Deutschen von seiner Kandidatur nicht gerade begeistert ist; er wirft das Handtuch. Statt seiner kandidiert jetzt für die Unionsparteien Roman Herzog, bisher Präsident des Bundesverfassungsgerichtes.

Herzog macht das Rennen. Mit seiner improvisierten Siegerrede lässt er zwei gute Eigenschaften erkennen: Humor und Empfindsamkeit.

Freitag, 01.07.94

Richard von Weizsäcker übergibt das Präsidentenamt an seinen Nachfolger Roman Herzog. Weizsäcker ist bekannt für seine berühmten Reden. Aber was Herzog da am Beginn seiner Präsidentschaft sagt, lässt auch aufhorchen. Vielleicht gelingt es ihm, das Präsidentenamt ähnlich gut auszufüllen, wie sein großer Vorgänger.

Sonntag, 21.08.94

Talk im Turm bei Erich Böhme. Es geht um das Phänomen Kohl. Die einen bewundern ihn, weil er schon so lange Kanzler ist, und grade darüber wundern sich die anderen. Offensichtlich ist die Mehrheit der Talker für Kohl. Das Publikum teilt sich in Kohlanhänger und Kohlgegner.

Die Kohlsche Hauptstreitmacht bilden drei gut betuchte Nölle-Neumann-Damen. Auf der Gegenseite führen eine sehr sympathische Dame von der SPD und Ex-DDR-Psychologe Hans-Joachim Maaz, bekannt geworden durch sein DDR-Psychogramm „Der Gefühlsstau", eifrig das Wort. Wendepsychologe Maaz ist ein temperamentvoller Streiter und hat sich mit einem Für-Kohl-Talker ziemlich in der Wolle. Er bemüht sich, der Runde klarzumachen, dass vierzig Jahre DDR etwas mehr waren als Stasi und Stacheldraht. Dass da auch bei allem Stalinismus der Versuch war, ein Leben zu gestalten, in dem nicht das Geld Maß aller Dinge ist.

Man merkt den Nölle-Damen an, dass sie durchaus begreifen, was Maaz meint. Aber sie belächeln ihn mit einer unnachahmlichen Arroganz: Ach du armes DDR-Würstchen, hast du immer noch nicht begriffen, dass sich das nicht rechnet, wovon du träumst? Na klar: Solange der deutsche Kanzler Kohl heißt, werden die Maazschen „Träume" ganz bestimmt nicht in Erfüllung gehen.

Mittwoch, 31.08.94

Präsident Jelzin nimmt in Berlin an der feierlichen Verabschiedung der letzten russischen Truppen in Deutschland teil. Großer Bahnhof: Halb Berlin ist abgesperrt. Kurios für uns: Wurden wir in unserer früheren Unfreiheit häufig gegängelt, zum sowjetischen Ehrenmal im Treptower Park zu gehen, werden wir in unserer heutigen Freiheit daran gehindert, an einer Veranstaltung dort teilzunehmen. Ist unser bisschen solimus-Freiheit etwa klammheimlich auch abgewickelt worden?

Montag, 17.10.94

Gestern haben die Deutschen einen neuen Bundestag gewählt, der aber wohl weitgehend der alte sein wird. Die FDP, in den Landesparlamenten kaum noch vertreten, büßt kräftig ein, schafft jedoch die Fünfprozenthürde. Vielleicht haben die Besserverdienenden geahnt, dass ohne die FDP im Parlament die Ära Kohl zu Ende gewesen wäre. Zwar legt die SPD zu, aber die Koalition kann sich noch immer auf eine knappe Mehrheit von zehn Abgeordneten stützen. Die PDS, im Westen völlig bedeutungslos, gewinnt in Berlin vier Direktmandate und ist auch im neuen Bundestag vertreten, hingegen haben Alt-und Neunazis beim deutschen Wähler keine Chance.

Also wieder Kohl und Kinkel. Die Gegner der Koalition können sich nur damit trösten, dass die SPD wenigstens im

Bundesrat die Mehrheit hat. So darf Otto Normalverbraucher doch immerhin hoffen, nicht gar so arg verKohlt zu werden.

Herbst 1994

Die Oktoberwahlen sorgen für Unruhe in Deutschland. Unruhestifter ist die PDS oder vielmehr ihr erneuter Einzug in den Bonner Bundestag. Das ist ja auch die Höhe: Nach vierzig Jahren kommunistischer Diktatur werden die roten Socken der Wende-SED immer noch gewählt. Dagegen muss natürlich was unternommen werden, sagt sich die etwas einfältige Berliner CDU. Sie versucht die PDS mit einer Steuerforderung von dreiundsechzig Millionen D-Mark zu erwürgen. Aber das Berliner Verwaltungsgericht macht sich vor allem die Argumente des Anwalts Gysi zu eigen und befindet: Die Steuerforderung ist aus dem SED-Altvermögen der Treuhand zu begleichen.

Wie es aussieht, ist die PDS nicht totzukriegen. Auf Kommunalebene gibt es keine Berührungsängste mehr bei den anderen Parteien. In Sachsen-Anhalt toleriert die PDS eine Minderheitsregierung aus SPD und BündnisGrünen; wer weiß, vielleicht sitzt sie nach der nächsten Wahl mit im Regierungsboot. Im Übrigen ist das Problem ihrer Akzeptanz doch gar nicht so kompliziert. Entweder kann die PDS sich weiterhin die Wählergunst erhalten, dann ist sie eine notwendige Partei – und es spielt keine Rolle, dass sie nur im Osten vertreten ist, schließlich gibt es die CSU ja auch nur in Bayern – oder sie wird zu einer Splitterpartei verkümmern, wie sich das bei der FDP abzuzeichnen scheint. Doch denk ich an Deutschland in der Nacht, dann kann ich nur feststellen: Es fehlt in der deutschen Parteienlandschaft nicht an rechten, sondern an linken Parteien. (Und da bin ich natürlich genau wie Freund Heine um den Schlaf gebracht.)

Lässt sich das Millionenheer der Arbeitslosen im Osten noch dem SED-Regime – und fortwirkend der PDS – anlasten, kann man die „industrielle Reservearmee" (Marx) im Westen der PDS nun aber wirklich nicht in die Schuhe schieben. Die müssen sich schon jene an die Fahne heften, deren vornehmste Aufgabe es ist, den Maximalprofit der Kapitalanleger zu sichern. Das dürfte dem Ostwähler zunehmend bewusst werden, hat er doch vierzig Jahre lang mehr oder minder freiwillig bei Marx den Kapitalismus „studiert", bis er ihn nun endlich am eigenen Leibe erleben darf.

Karl Marx und Friedrich Engels haben vor fast 150 Jahren in ihrem berühmten „Manifest der Kommunistischen Partei" (Dietz Verlag Berlin, 46. Auflage 1981) beschrieben, wie die Bourgeoisie unabhängige, fast nur verbündete Provinzen mit verschiedenen Interessen, Gesetzen, Regierungen und Zöllen in *eine* Nation, *eine* Regierung *ein* Gesetz, *ein* nationales Klasseninteresse, *eine* Zollgrenze zusammendrängte. Was die „Alten" damals für ein Land festgestellt haben, könnten sie heute – fast mit den gleichen Worten – für das vereinte Europa vermerken. Das Kohlsche Europa aber wird vor allem viele Menschen am Rand der Gesellschaft zusammendrängen, mehr noch, als das Kohlsche Deutschland dort schon zusammengedrängt hat. Im Zuge von Einheit und Aufschwung Ost ist nun auch Ossi – und mehr noch Ossine – mit solchen Grundwerten der Leistungsgesellschaft wie sozialer Abstieg und Persönlichkeitsverlust reichlich bedacht worden.

Laut Statistischem Taschenbuch der DDR von 1987 standen in der DDR 1986 knapp neun Millionen Berufstätige in Lohn und Brot; davon waren rund die Hälfte Frauen. Kohl und Kinkel haben fast eine Million der emanzipierten Ossiweiber an den Kochtopf „delegiert". Und die Kollegin über vierzig hat nicht mal mehr im Puff eine Chance, obwohl gerade im Rotlichtmilieu der Aufschwung Ost seine größten Erfolge feiert.

Schlimm ist es auch um die Kinder und Jugendlichen bestellt. Ihre neue Freiheit entpuppt sich allzu oft als Gefahr für Leib und Leben: Gewalt auf dem Schulhof, Rauschgift, Autoknacken, S-Bahnsurfen, aggressiver Straßenverkehr, illegale Autorennen, Straßenraub, Sexualverbrechen und manch andere Verführung oder Bedrohung fordern ihre Opfer.

Das Fernsehen mit seiner ungezügelten Gewaltdarstellung verkrüppelt schon die Seelen der Kleinsten. Von den Größeren hängen viele auf der Straße rum: keine Lehrstelle, keine Zukunft. Immer mehr junge Leute schließen sich den Nazis an. Nach dem Verkehrstod auf der Straße ist Selbstmord die häufigste Todesursache bei Kindern und Jugendlichen. Die Kriminalität in der jungen Generation nimmt erschreckende Ausmaße an, und die Täter werden immer jünger. – Ist man da nicht geneigt, die so oft beschworenen Werte der freiheitlich-demokratischen Grundordnung des christlichen Abendlandes in Zweifel zu ziehen?

Aber nicht nur Frauen, Kinder und Jugendliche im Osten gehören zu den Verlierern der deutschen Einheit, auch die meisten Bauern sehen nicht wie die strahlenden Sieger aus. Haben sie sich bei Ulbricht gegen die Zwangskollektivierung gewehrt, deren Ergebnis am Ende gar nicht so unerträglich war, müssen sie sich heute gegen die vorsintflutliche Landwirtschaftspolitik des Katholikenklüngels an Rhein und Isar wehren, die ihnen ihre Genossenschaften zerschlägt.

Dabei haben die landwirtschaftlichen Produktionsgenossenschaften und die LPG-Hochschule in Meißen viele Tagelöhner, Mägde, Knechte und landarme Bauern, vor allem in Mecklenburg und Pommern, „dem Idiotismus des Landlebens entrissen" (Marx). Und die Bodenreform hat ihnen so viel Junkerland gegeben, dass sie Bauer sein konnten.

„Rückgabe vor Entschädigung" und das Bonner Bauernlegen – die Großen werden größer und die Kleinen gehen vor die Hunde – werden aber wohl noch manche Bauernexistenz im Osten vernichten.

Nun besteht der Kapitalismus aber bekanntlich nicht nur aus Armut und Elend, wenngleich er davon reichlich zu bieten hat. Und es ist beileibe nicht so, dass der Aufschwung Ost in den neuen Bundesländern nicht stattfände: In den vier Jahren seit der Vereinigung hat sich doch einiges getan in Erichs Homeland. Vielerorts müssen wir nicht mehr mit dem Trabi die zahlreichen solimus-Schlaglöcher umkurven, sondern schweben in schönen neuen Westkarossen über Asphaltteppiche dahin. Fahrradwege werden angelegt, Häuser instandgesetzt, neue Geschäfte eingerichtet. Auf Märkten, die es früher nicht gab, kann man gut und billig einkaufen, und in den neuen Baumärkten gehen jedem Vorwende-Datschenbauer die Augen über.

Die Telekom hat in vier Jahren mehr Telefone installiert als die Deutsche Post in vierzig. China-und andere Restaurants schießen wie Pilze aus dem Boden und in der Sparkasse müssen wir nicht mehr stundenlang anstehen, weil inzwischen an jeder Straßenecke eine Bankfiliale eröffnet wurde. Vielleicht entstehen mit der Zeit tatsächlich die blühenden Landschaften, die der große Kanzler so leichtfertig versprochen hat.

Wir würden heute aber wohl auf das eine oder andere verzichten, nach dem wir so sehr gelechzt haben vor der Wende, wenn wir uns dafür zum Beispiel nachts alleine auf die Straße wagen könnten, oder Arbeit hätten, oder nicht so viel Miete zahlen müssten, oder für die Kinder eine Lehrstelle fänden, oder, oder, oder …

Wenn ich unseren Aufbruch „heim ins Reich" auf eine Kurzformel bringen sollte, dann hieße sie: Wir haben **die unmenschliche Menschlichkeit des stalinistischen Sozialismus** gegen **die menschliche Unmenschlichkeit des mafiosen Kapitalismus** eingetauscht. Für Brecht ist das eigentliche Verbrechen im Kapitalismus der Kapitalismus selbst. Ganz im Marxschen Sinne vergleicht er die gewöhnliche kapitalistische Kriminalität mit der kriminellen „Ausbeutung des Menschen durch den Menschen":

Was ist
ein Dietrich gegen eine Aktie?

Was ist
ein Einbruch in eine Bank
gegen die Gründung einer Bank?

Was ist
die Ermordung eines Mannes
gegen die Anstellung eines Mannes?

Und dennoch: Ich wollte nicht zurück in Erichs Homeland. Aber das Deutschland, in dem ich leben *möchte*, müsste schon etwas anders aussehen als das, in dem ich *lebe*.

Marx und Engels sprechen der Bourgeoisie die Fähigkeit ab, „länger die herrschende Klasse der Gesellschaft zu bleiben". Alles, was sie im „Manifest" über das Bürgertum geschrieben haben, trifft grundsätzlich auch heute noch zu. Doch fochten die Ausbeuter früher mit schwerem Säbel, so schlagen sie heute eine sehr viel feinere Klinge. Anderthalb Jahrhunderte Klassenkampf haben in den entwickelten Industriestaaten nicht nur die Lage der Arbeiter erheblich verbessert, sondern auch dazu geführt, dass sich die Kapitalisten immer raffiniertere Ausbeutungsmethoden einfallen lassen.

Aber in dem Maße, wie die Kurve der Arbeitsproduktivität steil in die Höhe steigt, wird das Heer der Elenden weltweit immer größer. Da die verbesserte Produktion ständig mehr Arbeiter überflüssig macht, muss der kapitalistische Staat immer mehr Hungerleider ernähren. Das kann auf die Dauer nicht gut gehen.

Kluge Köpfe haben vorgeschlagen, die Wachstumswirtschaft in eine Kreislaufwirtschaft umzuwandeln und statt der profitorientierten Anreize solche zu fördern, die Arbeitsplätze schaffen und die Umwelt schonen. Würden die Vorschläge verwirklicht, wäre das – mit oder ohne Marx – etwa der Übergang zu einem Quasi-Sozialismus, der nicht als politischer Wille einer Klasse gewaltsam, sondern als ökonomische Entwicklung einer Gesellschaft gewaltlos in die Welt käme. Die Gesellschaft könnte so evolutionär zu dem gleichen Ergebnis gelangen, das Marx und Engels mit Revolution und Herrschaft des Proletariats erreichen wollen.

Um jedoch eine solche Entwicklung auf den Weg zu bringen, bedürfte es des politischen Willens der Staatsmacht. Von den gegenwärtig in Deutschland Regierenden ist ein so gearteter politischer Wille allerdings nicht zu erwarten. Sie werden den Profiteuren selbst dann noch Zucker in den Arsch blasen, wenn die das Staatssäckel schon bis auf den letzten Heller geplündert haben.

Rosa Luxemburg schreibt in „Die Krise der Sozialdemokratie" (Gesammelte Werke, Band 4, S. 62, Dietz Verlag Berlin 1987): „Friedrich Engels sagt einmal: Die bürgerliche Gesellschaft steht vor einem Dilemma, entweder Übergang zum Sozialismus oder Rückfall in die Barbarei."

Das Wort Barbar kommt aus dem Griechischen und bedeutete zunächst nur *Nichtgrieche*. Im Sinne der oben genannten Engelsthese könnte es heute *Nichtbürger* bedeuten. *Nichtbürger:* Das sind all jene, die *nicht* beteiligt sind an der Arbeit, *nicht* beteiligt am Wohlstand, *nicht* beteiligt am gesellschaftlichen Leben.

Was wird man von den Plutokraten erwarten dürfen? Werden sie ihre Herzen öffnen und ihre Geldsäcke, damit aus Barbaren Bürger werden? Bisher haben sie dergleichen nicht getan – warum sollten sie es jetzt tun! Mit ihrer hemmungslosen Profitsucht werden sie die Welt zugrunde richten. –

Doch vielleicht ruft auch eines nicht zu fernen Tages ein neuer Marx den „Verdammten dieser Erde" zu:

Barbaren aller Länder, verbündet euch!

manfred.blunk@telecolumbus.net

.